결국
모든
날이
괜찮지
 않았
 지만

결국 모든 날이 괜찮지 않았지만

우리는 가까스로 행복을 찾을 것이다

펴 낸 날 2023년 4월 20일 초판 1쇄

지 은 이 신대훈
펴 낸 이 박지민
책임편집 선명
책임미술 롬디
마 케 팅 박종천, 박지환

펴 낸 곳 모모북스
서울특별시 동대문구 왕산로81, 203-1호(두산베어스 타워)
전화 010-5297-8303 팩스 02-6013-8303
등록번호 2019년 03월 21일 제2019-000010호
e-mail pj1419@naver.com

ISBN 979-11-90408-35-6 03810

신대훈 지음

결국 모든 날이 괜찮지 않았지만

우리는 가까스로 행복을 찾을 것이다

모모북스

시작하며

처음 글을 썼던 날은 스물하나의 겨울이었다. 나는 늘 누군가를 좋아하는 사람이었다. 이성적으로가 아닌 인간적으로. 본래 나보다는 나를 좋아하는 이를 더 사랑하였고 그들의 애정이 있기에 행복한 사람이라고 믿었다. 하지만 나는 언젠가 홀로 놓일 나를 감당해야 했다. 그래서 글이라는 작은 지옥으로 나를 밀어 넣었다. 어떻게 하면 더 사랑받을 수 있을까 연구하는 것이 취미이며, 이따금 떠나고 사라지는 모든 것에 아파하여 보이지 않는 곳에서 만날 수 없는 누군가를 그리하기도 한다.

나는 어릴 적부터 우울이 많았다. 삶에 치여 집안을 돌보지 못했던 엄마에게는 미안하지만 그랬다. 어쩌다 그 모양 그 꼴이 되었던 것뿐인데, 아직도 그녀는 종종 자책을 한다. 미안하지만 그녀가 지극정성으로 나를 돌봐주었어도 나는 내 검은 모습을 피할 수 없었을 것이다.

우울이란 재료는 나를 '애정결핍'이라는 끔찍한 곳으로 나아가게 했다. 사람과 함께한다는 소속감이 없는 느낌을 받을 때면 한없이 나를 쓸모없는 사람이라고 여기곤 하였기에, 너무 가까이 다가갔다가 되려 많이 아프기도 했다. 그 많은 아픔을 모두 내 탓으로 돌려 자책하던 날이 많았다. 나는 내 결핍을 이겨내기 위해 최소한의 마음만 남겨두고 온전히 내 삶을 살기로 하였다. 겁이 났지만 겁을 좀 내보기로 했다.

이 책의 글은 대부분이 내가 겁을 냈을 때의 외침을 정리한 것이다. 아마도 작은 한숨이나 보이지 않는 통증 같은 것. 이제는 괜찮고 싶다며 외치던 언젠가의 넋두리를 늘어트려 더 나은 어딘가로 나아가기 위한 것이다. 단지 그뿐이다.

우울에는 도가 튼 사람이라고 생각하면서도, 여전히 원인을 알 수 없는 물결에 둥둥 떠다닌다. 하루에도 수없는 불안이 번식하고 마음처럼 되는 것은 여전히 없어도, 이제 그런 것들은 그런대로 놔두기로 한다. 결국 모든 날이 괜찮지 않았지만 얼룩진 초라함이 온 세상을 집어삼키기 전에 우린 가까스로 행복을 찾을 거니까.

보이지 않는 것에 더 큰 힘이 있다고 믿으면서 여전히 글을 쓴다. 나의 글이 당신을 행복으로 견인하는 작은 도움이기를 바란다.

2023년 봄

신대훈

목차

1장

긴 밤을 채운 별이 빛나는 별이 되도록

2장

사랑을 여유롭게 사랑할 것

3장

인연은 함께 키우는 꽃과 같아서

4장

익숙함을 낯설게 바라볼 때 행복은 시작된다

5장

나를 거쳐간 모든 것들에게

늘 내 어깨를 짓눌렀던 것은

내가 실제 감당하고 있는 것보다

앞으로 감당해야 할 것 같아서

겁나는 것들이었다.

1장

긴 밤을 채운 별이 빛나는 별이 되도록

사실 모든 날은 조금 다 버겁긴 했지만

견디자면 견딜만했다.

벤치에서

평소 쓸어내려지는 것을 좋아한다. 이를테면 새벽녘에 마주한 옆 사람의 지친 어깨 같은 것을 말이다. 지겹던 하루를 마치고 다시 하루를 반복해야 하는 그 순간에 묻어나는 침묵은 아름답다. 그해 나는 우리의 침묵을 어렴풋이 알 것 같았다. 어쩌면 미련이었다.

그렇게 서로가 말없이 집으로 돌아가기 싫어 동네 벤치에 쭈그리고 앉았다. 이 자리에서 일어난 후엔, 내일 아침을 한결 빠르게 마주해야 할 테니까. 하루는 불안하였고, 길었고, 어느 날은 덧없이 짧았다. 이다음 우리가 놓일 곳은 검은 천장 아래다. 우리는 각자의 천장을 열심히 사랑해야 하였다.

우리는 당분간 쉬어가기로 했다. 나무 그늘 아래로 잠깐 가 있기로 했다. 후엔 내일을 기약하고 서로의 등에서 멀어졌다. 보이지 않는 손으로 서로의 등짝을 쓸었다.

"내일도 여기서 만나"

벤치는 고요한 5분을 준다.

길

이따금 길가를 지나는 사람을 구경한다. 어딘가로 급히 가는 듯한 사람. 모자를 푹 눌러쓰고 가는 사람. 마스크 사이로 유독 슬퍼 보이던 눈동자들을 본다. 그들이 지나는 풍경을 보는 것은 시시하기도 하면서 때론 옆구리가 시려오는 일이었다. 그들에 앞에 잠시 앉은 나는, 잘 가고 있는 걸까 고민하고 있었다. 잠시 앉는 사이에도 앞을 지나는 사람이 많았다.

'저 사람들도 저들만의 사연이 있을 텐데, 그럼에도 불구하고 길을 잘도 걷는구나.'

우리들은 정말 잘 가리고 다녔다. 자신의 아픔을 아주 괜찮은 척하며 길을 잘도 걸었다.

어떤 청년의 눈에선 '이 정도쯤이야 다 똑같이 겪는 힘듦이겠지'라고 말하는 듯했고, 어느 장년의 몸짓에선 '어서 빨리 지름길을 찾아 집으로 가고 싶다'고 울부짖는 듯했다. 그들을 아는 누군가가 그들을 보았을 때 대뜸 울컥할 수 있는 모습을 한 채로, 우린 자연스레 살았다.

그처럼 길가에서는 종종 형체를 숨긴 사연들이 여럿 걸어 다니는 것만 같아 마음이 사사롭기도 하였다. 나는 누군가의 멀어지기 전을 잡아주고 싶었다.

여전히 평화롭고 자연스러운 세상이다. 당장 망해버려도 딱히 절망적일 것 같지는 않았고, 지금보다 더 윤택해질 거라 하여도 딱히 커다란 기대는 갖지 않는다. 무엇보다 거대한 세상은 우리 삶에 직접적인 영향을 주지 않았다. 고작 찰나의 삶에서 우린, 그저 세상의 도구로서 온전히 행복하다면 그걸로 그만이니까. 그러니 이젠 힘내라는 말을 억지로 이해시키기도 하였던 자신을 안아주어야 할 때가 아닐까.

그래 우리는 어떻게든 걸어 나가겠지. 어떻게든 살겠지. 그러니까, 가끔은 열자마자 쏟아질 슬픔을 그만 감추고 살아도 괜찮을 것 같다. 오늘도 열심히 살아있는 척하느라 수고했다.

소화

한평생이 오늘까지라면, 지금 이게 다 무슨 소용인가 하는 생각이 문득 속물처럼 들었다. 이런 생각이 맴돌 때는 꽤나 긍정적으로 미련 없이 하루를 살아가겠다는 건강한 다짐을 하곤 했는데, 웬걸 되려 덧없는 삶의 허무함이 더 크게 마음에 자리 잡았다.

나를 쫓는 것들에게서 마음의 안정을 얻기란 불가능해 보였다. 선선히 불어오는 바람에 커피는 식었고 무언가를 이루지 못한 조급함은 갈수록 뜨거워져 갔다. 남과의 비교가 인생을 갉아먹는다는 걸 알면서도 내가 남들보다 느린 속도로 걷는 건 아닐까, 나아가 계속 걸어야 할까, 하는 생각이 머리를 두드리는 요즘이다.

나는 덧없이 괜찮고 싶지 않다. 그래서 더욱 괜찮고 싶다.

소화되지 않는 마음이다.

개화

가만히 내버려 둬야 피는 꽃이 있고
정성 가득 물을 주어야 피어나는 꽃이 있다.
어떤 꽃이라도 결국 꽃은 핀다,
펴야 할 사람에게는 반드시.

최근 들어 가수 박효신의 '야생화'라는 노래가 새삼 다르게 느껴졌다. 예전에는 그저 후렴 부분의 3단 고음만이 중점적으로 들렸는데 말이다. 불현듯 보니 '야생'과 '꽃 화' 자는 별로 어울리지 않았는데, 우연히 꼭 맞는 옷을 입은 듯 잘 어울려 보였다. 후에 느껴지는 감정은 그랬다. 외롭게 피어난 초라함보다는 먹먹한 아름다움으로 맺혔다. 어떤 고난이 펼쳐질지 모르는 야생에서 피는 꽃은 어쩌면 우리네 인생과 닮아 보인다.

나날이 꼭 강풍 같다. 몸도 챙겨야 함과 동시에 마음도 챙겨야 하고, 잠시 쉬어가는 것보다 하루라도 열심히 살아야 했다. 그렇게 배워왔다. 마음처럼 되는 것도, 마음만큼 움직이는 것도 하나 없는 지금 우리가 서있는 곳은 어쩌면 우거진 밀림의 중심

부가 아닐까.

그러나 그 험난한 야생에서도 피어나는 꽃이 있다고 한다. 변덕스러운 날씨와 산짐승의 발굽을 전혀 무시할 수 없었지만 피어나기를 결심한 꽃이. 자연이 주는 양분을 먹고 자라며 때론 몰아치는 자연의 냉정함까지도 모두 수용하겠다는 자세로, 자신의 자리에서 묵묵히 개화하는 꽃이 말이다.

나도 안다. 더럽게 노력해도 꽃은 잘 안 핀다는 것을. '아직 때를 안 만나서 그렇다. 그만큼 간절하지 않아서 그렇다. 운이 없어서 그렇다. 더 노력해 봐.' 나는 그들의 무책임한 말을 믿고 싶었다. 하지만 세상을 애정 하려 할 수록 되려 자꾸만 비참해졌다. 그래 피해의식만큼 나를 갉아먹는 것도 없으니까, 망언 비슷한 격언을 퍼붓는 그들에게 자격을 부여하기로 했다.

나는 그들의 자격을 단순히 위치라고 생각하지 않는다. 다만 실패 앞에서 유연할 수 있는 능력이 출중하다고. 곧잘 버티는 능력이 곧 시간이라는 양분과 만나 이윽고 봉우리가 맺힌 사람이라고 여기기로 했다. 그들의 능력이 무엇이냐고 누군가 묻는다면, 비단 실패라는 낙화를 묻고 다시 일어서기를 잘하는 사람. 겨우 버티는 능력이 좋은 사람. 그렇기에 닮고 싶은 꽃이라고 말할 것이다.

꽃이 피듯 모든 일은 시간이 갈수록 무르익는다.

쉽고 편하게 이루어낸 모든 것은 언젠가 꺾여도 전혀 아쉽지 않으나, 한 치 앞도 알 수 없는 고난을 이겨내고 피어나는 꽃은, 생전 처음 보는 사람도 함부로 손댈 수 없이 곱고 곧게 뻗어갈 것이다.

어떤 고난이 불어와도 결국 필 꽃은 핀다. 어떤 자리에서도, 어떤 상황에서도. 우리 마음에 씨앗이란 한 떨기 희망이 있다면 반드시 우리만의 고운 것이 만개할 것이라고 나는 믿는다.

누가 뭐래도 그대는 꽃보다 더한 그대이니까.

한마디

이미 알고 있는 말일지언정
남의 입에서 나오면 상처가 되었다.

하루는 듣고 싶은 말을 온종일 되뇌었다.
마음에 듬뿍 바를 연고가 시급했다.

연신 토닥거리다가 문득
타인의 한마디가 간절했던 적이 있었다.

안녕한 밤을 보냈으면 해

자리에 눕자마자 잠드는 사람이 있다. 나는 예전부터 그들을 몹시 부러워했다. 원인 모를 불면이 종종 찾아오는 탓에 나는 대부분 먼저 잠드는 사람의 얼굴빛을 본다. 가장 먼저 봤던 대상은 아버지였는데 '우리 아버지란 사람은 자면서도 저렇게 인상을 쓰는구나……'라고 생각하던 비밀이 있다. 이상하게 잊히지 않는 몇 없는 기억이다.

아버지도 어릴 때는 분명 자주 웃었을 텐데, 무엇이 저분을 저런 얼굴빛으로 만들었는지 나는 잘 모르는 척했지만, 어렴풋이 아는 듯했다. 아니 너무 소름 끼치도록 확실히 알았다. 그에게 흐트러진 이불을 고쳐 덮어주고 우수수 고요해졌다.

나 또한 살아가며 그의 표정을 닮아갈까, 그럼 잘 사는 걸까. 치열하게 사는 사람의 얼굴빛은 왜 그토록 쓸쓸해 보이기만 할까. 내일은 한 모금 기운을 내 조금 일찍 일어나볼까 하면서도, 여전히 침대 위에서 뒤척거렸다. 아직도 잠을 잘 못 자서, 나는 어린가 보다.

쉽게 잠드는 사람. 사실 그들은 능력자다. 그들은 무언가를 흘려보내는 능력이 출중한 사람이다. 이를테면 괴로움이나 불안 같은 것들. 침대 위에서 수없이 드는 잡생각은 어차피 자고 일어나면 모두 거품처럼 사라질 거라고. 결국 달라지는 것은 별로 없고 잠이나 몇 시간 더 자는 게 행복이라는 것을 이행할 수 있는 자기 통제력을 지닌 사람들이다.

문득 애정하는 작가의 문장이 떠올랐다. 그는 '내일이 불안하다는 것. 그것이 불면의 원인이었다'라고 불면을 해석했다. 하지만 침대 위에선 종종 그럴 것이다. 피곤함과 관계없이 잠 못 이루는 날들이 많을 것이며, 지독한 불면의 막바지에는 누구나 같을 거라고. 이불을 끌어 올렸던 초라함이 많을 나와 당신일 것이다. 그런데도 나는 우리가 검은 천장 아래서만큼은 부디 푹 잠들었으면 좋겠다. 멈출 수 없는 불안의 끝이 남기는 게 과연 무엇이겠는지. 한 번쯤 생각해봤으면 좋겠다.

꼭 어떤 생각들은 고요한 그 순간에만 찾아오지만, 자고 일어나면 늘 그랬듯이 괜찮을 일일지도 모르니까. 이따금 까맣게 잊을 것이고, 잊는다는 건 그리 중요한 일이 아니었다는 말이니까. '불안이 불면으로' 이어지는 우리의 잠자리가 비록 하루아침에 줄어들지는 않겠지만, 답이 없는 불안에 매달려가며 밤을 지새우는 그런 날 너무 아프지는 않도록. 흘려보내는 방법도 차차 해나가면서.

우리의 밤이 안녕했으면 좋겠다.

지나간다

아무것도 손에 잡히지 않는 날이 있었다. 아무래도 편히 쉬는 법을 잊어버린 듯했다. 이럴 땐 허해지는 마음을 위해 기왕이면 확실하게 쉬어가기로 다짐했는데 그것도 마음처럼 되지 않았다. 어쩌면 '괜찮아야 한다'고 스스로를 옭아매서 그랬을까. 나는 축 늘어진 빨래처럼 메말라갔다. 시간에게 빌었다.

언제가 되어도 좋으니 괜찮아지게만 해달라고. 부디 너무 아프지 않게, 나도 나를 이겨낼 힘을 나도 모르게 가져다 달라고 빌었다. 시간이 약이니까, 시간만 지나면 또 언제 그랬냐는 듯이 괜찮아져 있을 테니까. 이따금 실실 웃기라도 할 테니까. 그래 그럴 거니까.

고통을 겪는 이에게 대다수가 건네는 말이 있었다. "시간 지나면 괜찮아진다. 시간이 약이야." 나는 평소 이런 무책임한 말을 싫어하는 편이다. 때론 몇 마디 형식적인 말보다 몇 분의 침묵 섞인 온기가 더 값졌으니까. 하지만 세상에는 그런 말이 있다. 아픈 사람에게 건네야 하는 아픈 말, 또는 그런 상황이 있다. 찝찝한 마음이 머물다 간 자리에는 시원히 내리는 비가 없다. 이미 고여 썩은 웅덩이가, 먼지 낀 선풍기의 더운 바람이 있다. 어딘가 꺼림칙해서 서글픈 것들이 잔뜩 묻어있다. 시간은 그저 나아가는 속성을 지녔고, 모든 마음이 시간을 따라가지는 못한다.

그러나 그 말이 정말 쓸모없고 아무런 이득도 되지 않는 말이라고 했다면, 이렇게까지 오래도록 전해 내려오지는 않았을 것이다. 맞다. 시간이 지나면 어느 정도 무뎌진다. 일정 부분 깎여나간다. 하지만 우리가 불행 앞에서 시간이란 대자연을 찾는 이유는 따로 있다. 결코 우리의 불행을 시간이란 이치가 알아서 해결해 준 것이 아니라, 오직 그 시간 동안 괜찮아지려 발버둥 쳤던 내가 있었기에, 비록 매끄럽진 못했어도 가능했던 것이다.

비단 불행 앞에서 시간이란 재료를 찾는 이유가 있다면 '나는 아직 나를 일으킬 힘이 있다는 것을' 우리의 깊은 곳은 이미 알고 있는 게 아닐까.

그래, 사실 모든 날은 조금 다 버겁긴 했지만 견디자면 견딜 만했고. 돌아보면 제법 시큰거렸지만 괜찮았던 순간도 많았다. 그런 하루하루가 모여 필히 화창하지는 않더라도 최소한 내 삶이 비참해지지는 않을 거라고. 나는 아주 믿는다. 그래 다 괜찮다. 지나간다.

빛은 어둠에 의해 선명한 것

스물 무렵에는 열등이 나를 자주 산책시켰다. 말이 좋아 '산책'인데 실은 '떠돌이'라는 표현이 더 맞을까. 초저녁이 고달파 한동안 정처 없이 집 주변을 걸었다. 걷다 보면 불안 묻은 걱정이 잘게 조각나 길바닥 이곳저곳에 매달린다. 나는 주인 없는 한 마리 길고양이, 덜컥 학생 신분을 졸업한 아직 덜 자란 사춘기 소년, 그것들 쯤 되었겠다.

주위 사람들은 하나같이 자신만의 '무엇'을 가지고 있었다. 좋아하거나, 하고 싶던 분야를 하나씩 가지고 순조롭게 자신의 삶을 찾았다. 물론 보이는 것만 보던 얕은 시각이었지만, 그때만 해도 나는 남들을 아주 많이 부러워했기에 부러움은 싹을 틔어 열등이 되었다. 나는 자주 태연한 척을 했다. 남들 눈에는 덤덤하고 쿨 하게 보이려 애를 써 가면서.

돌아보면 그 시간들이 나는 싫지 않다. 고달프긴 했지만, 이제서 보면 아주 괜찮은 밑거름이었다. 사람마다 결핍은 있고, 그 결핍이 가져다주는 안달복달 못하는 마음들이 있다. 어쩔 수 없이 비교하는 마음이 있다. '이러면 내가 지는 건데. 이렇게 하면 뒤쳐지는 건데' 하고 저울질하는 마음이.

그래서 그 결핍 때문에 더 열심히 고민하고 분투한다. 이겨내지 못할지언정 더 비참해지지 않기 위해서. '성취도 결과도 없지만 그럼에도 불구하고 나는 훌륭해'라는 것을, 내 삶을 통해서 증명해내려고 지긋지긋하게 무언가를 한다. 그리고, 그전에 내가 상상조차 못 할 어마어마한 것을 만들어낸다. 누구나 열등이 있고 비교하는 마음이 있다. 결핍이 있고 불행이 있다. 처절히 밟힐수록 더욱 꿈틀거려야 한다. 나는 열등으로 오늘까지 왔다.

힘 안 내도 돼요

힘내요.

아니, 힘내지 마요.

힘 안 내도 돼요.

삶에 어둠이 찾아왔을 때. 당신이 걸어야 하는 힘은 스스로의 의지일 테지만, 주저앉아버린 당신을 일어나게 할 따스한 힘의 말이 있다면 나는 꼭 저 말을 해주고 싶다. 힘내지 않아도 괜찮다고. 당장이라도 세상이 무너질 듯 애쓰지 않아도 된다고. 인생은 계획만큼 풀리는 것도 아니고 꼭 노력만큼 이루어지는 것도 아니라고.

사실 우리는 모두 막연히 힘내야 한다는 사실을 알고 있다. 버릇처럼 내뱉는 '열심히 살아야 한다'는 문장으로 각박해진다. 집밖으로 나가면, 온 세상 사람들이 '일'을 시키려 하니까. 나를 아껴주는 사람은 눈에 띄도록 줄어들고, 힘들어 앉아버린 동안에도 '시간'은 성실하게 흐르고 있으니까. 눈치 없이 빈 배 속이 꼬르륵대고, 궁극적으로는 먹기 위해 사는 게 아니라 살기 위해 먹어야 하니까. 힘내야 한다. 열심히 살아야 한다. 기왕이면 '잘' 살아야 한다. 그렇게 배워왔다.

하지만 가끔은 그런 것들을 모두 다 알면서도, 그저 주저앉아 쉬고만 싶을 때가 있다. 배척하겠다는 게 아니라 모든 게 지겨워져 버리는 때가 말이다. 그럴 때는 그저 나를 믿었다. 닳아 없어질 때까지 최선을 다해 나를 끌어안았다. 어깨가 아플 만큼 나와 화해도 했다.

근자감. 근거 없는 자신감이란 말이 있다. '내가' 스스로 자신감을 가지는데 '이유'가 왜 필요하냐는 말이다. 저 문장을 처음 들었을 때 삶에 염세적 시선을 가지고 있던 나는 '또 어디서 성공한 사람이 나불대는 격언 같은 건가 보다'라고 생각하며 저 말을 흘려 넘겼다. 그럴 여유도, 이유도 없었다.

그러나 어쩌면 삶이란 것은 이미 그 자체가 근거 없이 시작되었기에, 그 뒤에 이을 어떤 이유도 내 마음대로 붙일 수 있는 것이 아닐까.

때때로 헛발질하더라도 우리는 스스로 일어날 이유를 찾아낼 수 있다. 그래서 난 가끔씩 막연한 것들에 힘내는 것보다 '나를 위해' 힘내곤 한다. 고작 나 하나를 위해서만 온 신경을 기울이기도 한다. 멍청할 정도로 쉬어가기도 하고. 아무도 모르는 하루를 살기도 한다.

나를 위해 힘내는 것. 나를 위해 쉬어가는 것의 '이유'는 없다. 가끔은 스스로에게 주문을 건다. 오늘 나는 무엇에 힘을 쏟을 것인가. 우린 모두 결정할 수 있다. 근거 따위가 없으니까.

우리가 잠깐 삶을 내려놓고 우리 자신에게 온전히 집중하는 시간은, 커다란 틀로 보았을 때 더욱 굳건한 디딤돌이 될지도 모른다. 엉킨 실타래가 천천히 풀어지듯. 달팽이가 나무 하나를 오르듯.

그 같은 시간을 그저 '노는 시간'이라거나 '나약한 나'라고 하찮게 생각하지 않기를 바란다. 무언가를 잠시 내려놓는 것은 앞으로 더 나아가기 위한 준비이자 탐색의 시간이다. 그런 시간을 가지기 위해 필요한 것이라면 오직 미량의 '용기'가 전부일 것이다. 그러한 용기가 익숙해질 때, 보이지 않는 무언가가 우리를 더 넓고 커다란 곳으로 이끌 거라고 자신한다.

믿음에는 이유도 자격도 필요 없다.

우리의 자산

당신의 자산은 오직 당신에게 솔직한 당신뿐이다.

무언가를 이루어내는 것은 누가 뭐래도 본인의 몫이라고 생각한다. 물론 우린 타인에게 많은 도움을 받을 수 있다. 위로를 받을 수 있고 용기를 얻을 수 있다. 지원을 받을 수 있으니 힘을 얻을 수 있고, 동기부여가 되니 떨어진 의지가 피어날 수 있다. 그러나 그 모든 걸 섞고 버무려 한 걸음 나아가야 하는 것은 결국 '나'뿐이다.

우리는 종종 근본적 정답이 가장 가까운 곳에 있음에도 불구하고, 먼 곳에 존재하는 다른 것에 힘을 빌렸다. 나아가 그것만이 내게 유일한 자산이라고 믿는 것 같았다. 너무나 쉽게 믿고 의지할 것들이 잔가지 친 나무처럼 깔려있다. 하지만 나의 자산은 언제나 나 자신임을 잊어선 안 될 것이다. 물론 어떤 사람도 결코 혼자만의 힘으로 살아갈 수는 없겠지만, 누군가 대신 떠먹여 주는 밥은 언젠가 체하기 마련이다.

타인에게만 의지하여 자신의 삶을 살지 못한다면 어떻게 될까. 다른 것은 몰라도 '정체된다는 것' 하나는 확실하다. 무언가에 정체되어 있으니 자기객관화가 힘겨워지고 곧장 안주해버린다. 안주하게 됨으로 자신이 추구하는 가치를 합리적으로 사냥하기가 버거워진다. 사람은 편안한 것에 너무 빨리 익숙해지기에 익숙함이 영원할 거라고 쉽게 믿는 경향이 있다. 나 또한 영원한 평온이 있다고 믿고 싶지만 저 수많은 사람들이 전부 미쳐서 저리 사는 게 아닐 것이다.

당신과 내가 아침에 일어나야 하는 것에 대단히 거대한 이유는 사실 없다. 움직이는 것의 모든 이유는 오직 자신이 만들어가기 마련이며 그렇기에 무궁무진하게 다양해질 수 있는 거니까. 그러니 가끔은 당신에게 주어진 자산을 이용해 당신의 마음을 세상 어딘가에 온전히 쏟아도 보기를 바란다. 그때 당신께 존재하는 수많은 타인은 더 이상 당신의 온전한 자산이 아님을 알게 된다. 당신의 자산은 결국 걷어내고 걷어낸 당신 자신뿐이다.

마음이란 진정으로 쏟아냈을 때 그 진가가 발휘된다고 믿는다. 순간은 찬란한 기억으로 남거나 헐겁고 희미한 그림자로 남기도 한다. 기억은 자신이 할 수 있는 최선을 온 힘을 다해 쏟는 정성으로 갈린다. 어떤 순간이 쌓이느냐로 삶이 변한다. 어설프게 흘린 노력을 기억하는 몸은 없으며 그걸 간직하는 마음 또한 없을 테니까.

당신이 더욱 힘차게 당신을 쏟아낼 수록, 당신의 자산은 늘어난다.

어디까지 참을 수 있을까

좋아하는 일에는 모순이 있다. 좋아하고 하고 싶은 '그 일'만 잘하면 될 거라는 것. 그 일에 온 힘과 정성을 쏟아 몰두한다면 내 것으로 완벽히 완성될 거라는 것. 필히 달성하는 방법만을 연구한다면 언젠가 행복할 거라는 것. 그러나 어쩌면 우리는 꿈을 좇으며 내게 만족을 불러일으키는 것을 상상할 게 아니라, 그것을 누리며 동시에 포기해야 하는 것을 어디까지 각오할 것인지 생각해야 할 게 아닐까.

너무나 당연한 말이지만, 하고자 하는 일에 온 힘을 쏟기에도 버거운 세상에서 우린 살고 있다. 나날이 어떤 영역을 지속하고 파고들수록 세상엔 정말 너무나도 엄청난 사람들이 득실거린다는 것을 알게 된다. 세상은 넓고 사람의 내면은 감히 우주보다도 고귀하니까. 우린 거듭 경쟁을 할 수밖엔 없다. 대단하고 이상한 사람들은 보이지 않을 뿐 아주 많다.

그러나 해는 뜨기 전이 가장 어둡고, 그렇게 고대하여 뜬 해는 그저 다시 지는 것처럼. 세상에는 완벽히 행복한 것도 불행한 것도 사실 없다는 말이다. 다만 '다른 것보다는' 조금 더 버텨낼 만한 힘이 생겨나는 것, 즐거움이란 감정으로 그나마 덜 힘들 수 있는 것이다. 그러니 하고 싶은 것을 하며 동시에 버려야 하는 것들을 서서히 자각해야 한다. 삶이 진전되었을 때 원인 모를 허무함에 빠지지 않고자 한다면 말이다.

꿈으로 정진하는 일은
낭만과 이상을 밟아가는 게 아니라
꿈이 가진 모순을 깊숙이 들춰내는 과정이다.

어떤 이는 말했다. 싫어하는 것까지 좋아해야 프로가 된다고. 그런데 싫어하는 것을 정말 진정으로 좋아할 수 있는 사람이 과연 얼마나 될까. 나는 잘 모르겠다. 익숙해지거나, 무뎌지는 게 아니라면. 어쩌면 프로란 '참을성'으로 세상을 사는 사람들이 아닐까.

당연한 당신의 삶이기에

당신이 생각하는 당연함에 책임을 질 수만 있다면, 마음대로 살아야 마땅한 당신의 삶이다. 당연한 사실은 있어도 당연한 삶이란 존재하지 않으니까.

대학을 가자마자 때려치우는 게 좋다고 생각했다. 우리 집의 역사를 조금 읊어보자면, 부모님은 장사를 하고 한 살 어린 남동생은 감옥에 다녀왔다. 부모님은 평생을 가난하고 치열하게 살아오신 분이라 어린 시절 나와 동생을 돌봐주지 못했다. 부모님이 우리를 살게 하였던 유일하게 수단은 오후 11시부터 새벽까지 장사를 하는 거였고, 나와 동생은 초등학교 1학년 때부터 불 꺼진 집 안에서 단둘이 생활했다.

하루는 시꺼먼 천장이 무서워 맨발로 가게로 뛰쳐나갔을 때, 엄마의 눈에선 울부짖음과 슬픔이 동시에 보였다. 그때 나는 우리가 엄마에게 줄 수 있는 유일한 도움이 '집에서 가만히 자는 것'임을 알았다.

어른이 없는 집에서 자란 동생은 중학생이 되자마자 집밖으로 돌기 시작했다. 동생은 천진난만했으며 까불거리는 사람이었다. 그것이 쑥쑥 자라 분노로 변하게 될 줄은 꿈에도 몰랐지만 말이다. 어느 날 동생이 서 있던 재판장에서 엄마는 덤덤했다. 돌아가는 차에서는 울었다.

동생의 죄목은 기억나지 않는다. 나는 동생이 감옥에 들어가자마자 동생의 흔적을 열심히 지웠다. 동생이 집에 없다는 사실은 우리 모두에게 제법 준엄한 시련을 안겨주었다. 엎친 데 덮친 격으로 나는 우울증을 앓았다.

그러던 중에 엄마는 "엄마도 아빠도 대학에 가지 못했으니까. 너라도 가야지"라고 말했다. 나는 그 소리가 마치 고대 이집트 파라오의 저주처럼 들렸다.

어영부영 대학에 입학해 첫 수업을 들었다. 회계원리였다. 순간 바로 알았다. '여기는 내가 있을 곳이 아니구나.' 공부는 무슨 공부. 우리 집은 공부와는 거리가 멀어도 너무 멀었다. 차라리 이 시간에 돈이나 벌고 부모님 가게나 도와주는 게 당연하다고 생각했다. 그게 옳고, 그즈음의 내 삶에는 그게 맞다고.

대학생활은 적응을 못했고 얼마 안 가 휴학계를 냈다. 이제 세상은 내게 무언가를 요구하지 않았다. 학교에 가지 않아도 독촉 전화가 오지 않았고 길거리 구석에서 담배와 삼각김밥으로 점심을 먹지 않아도 됐었다.

세상이 요구하는 미션이 없어지자 시간이 널널했다. 문득 하고 싶은 일, 좋아하는 일을 찾아보자고 결심했다. 어릴 적부터 나는 막연히 사람은 하고 싶은 일을 하며 살아야 한다고 철없는 반기를 들곤 했다. 하지만 무작정 하고 싶은 것을 찾는 게 쉬운 일이 아니었다. '무엇이든 다 해 보세요'라는 말이 떠올랐지만, 당최 무엇을 다 해보란 건가 감도 잡히지 않았다. 우선 보험을 든다는 생각으로 용접 자격증 공부를 했다. 틈틈이 가게 일을 도우면서 방구석에 돌아다니는 펜과 노트에 일기를 썼다.

그해의 나날이 잘 기억나지는 않지만, 하루 끝에 쓰는 일기가 그리 달콤했다. 어쩌면 나는 알게 모르게 내 결핍과 우울을 그것으로 치유하고 있었을지도 모른다. 이제와 돌아보면 그렇다. 점차 쓰는 것에 정성을 쏟기 시작했다. 이윽고 쓰는 사람이 되리라고 다짐했다.

감히 평생을 해도 괜찮을 것 같은 행위를 찾은 듯했다. 운이 좋았다. 어릴 적 겪은 결핍이라 할 것이 결코 후회하지 않을 듯한 하나의 도전으로 탈바꿈되어 있었으니까. 하루빨리 어디론가 나아가라고 등 떠밀었던 것은 가족도 세상도 누구도 아닌 '나 자신'이었음을, 그때 알았다.

누구나 생에 한 번쯤은 오롯이 자신만의 시간을 가져야 한다고 생각한다. 우리는 알게 모르게 '열심히 살아야 한다'는 문장으로 각박해져 있지만 말이다. 무언가에 뒤처지는 것 같고 자신이 쓸모없어지는 것 같다고 생각할 수 있다. 내가 그랬다. 그러나 열심히 사는 것은 꼭 세상이 정해둔 당연함을 고분고분 이행하는 것만은 아니라는 생각이 들었다. 자신이 삶에 주체가 되어 자기만의 당연함을 알고 사는 사람. 이윽고 어디서도 당당할 수 있는 사람. 열심히 사는 삶이란 그런 게 아닐까.

당신이 선택한 당연함에 책임질 수만 있다면, 누구도 당신의 삶을 규정할 수 없다. 단지 조금 편한 길, 다칠 확률이 낮은 길은 있을지 몰라도 누군가 말하는 그 길이 반드시 정답은 아니다. 스스로 믿는 가치에 시간과 열정을 기울이고 당신만의 당연함을 좇아가다 보면, 삶에 당연함은 그 누구도 아닌 내가 만드는 것임을 알게 된다.

여담이지만 인생에 의미 같은 것은 없다. 우리는 인생이란 숲에 의미를 찾아가는 게 아니라, 내 인생에는 '내가' 어떤 의미를 부여하며 살아갈지 선택하는 것이다. 그것에는 필히 각자만의 답이 있다. 각자의 답으로 땅을 다지듯 살아가는 것이다.

세상에는 정답도 없고 오답도 없다고 하지만, 내 기준에서 오답은 있다. 정말 나 자신이 누군지도 모른 채 남들 하는 것의 뒤꽁무니만 따라가는 것. 그러다 불현듯 괴로워지는 삶이다.

삶이란 봉우리 위에서 우린

핑계 만 개.

결과 한 개.

무언가를 이루어내는 것은 어려운 일이다. 이제는 이루어낸다는 말이 거창하게 들릴 만큼이나 정말로 쉬운 것은 아무것도 없다. 여러 가지 문제가 있을 것이다. 시간, 의지, 힘, 그리고 여러 가지 피어오르는 감정들. 불안, 우울, 강박, 절박과 간절의 부재. 결국 이길 수 없는 나약함까지도. 얼마큼 단단히 준비하느냐의 관계없이 삶이란 언덕에는 나날이 새로운 봉우리가 눈앞에 있다.

처음에는 단번에 올라갈 수 있을 것 같다. 그래서 종종걸음으로 뛰어가기도 하고 슬며시 경치를 구경하며 일말의 여유를 즐긴다. 체력, 힘과 여유가 우리의 자원이 되어준다. 그리고 올라서겠다는 목표를 지속한 지 얼마 되지 않았기에 생기가 돈는다.

그러나 우린 투박한 언덕 그곳에 서서, 점차 의지를 잃어간다. 의지라는 것도 영원할 수 없는 하나의 자원이기에, 서서히 고갈되는 것이 자연스러운 일이다. 단지 텅 비어버린 마음은 대면이 버겁고, 무언가를 잃은 듯한 허무가 난처할 뿐이다. 그렇게 마음이 비어버린 육체는 하나의 처절함으로까지 번진다.

목표 당성의 과정에서 핑계는 평균적으로 만 개씩 나온다. 그리고 결과는 '한 개'이다. 우린 만대일의 경쟁률을 뚫어야 한다. 쉽지 않음이 당연하다. 그러나 핑계에 매몰되어 있는 사람은 말 그대로 자기 최면에서 영원히 사는 상태. 영영 깰 수 없는 꿈을 꾸는 사람이나 마찬가지다.

하나의 결과를 내기 위해 우리가 헤쳐 나가야 할 것은 스스로의 견고함보다 실로 엄청나게 많을 것이다. 그러나 주저앉았다는 것은 일어나는 일의 역순임을 기억하자. 앉았다 일어나는 것에도 근육이 필요하듯, 다시금 일어났을 때 당신은 당신의 생각보다 훨씬 더 단단해져 있을 테니까.

다 좋을 수는 없다

돈이 많으면 시간이 없고 시간이 많으면 돈이 없어.
둘 다 많을 수도 있겠지만 그런 삶이 얼마나 되겠어.
있는 거에 맞춰서 그냥 적당히 살면 돼.
하나라도 많으면 됐지 뭐.

저는 당신이 지금 가지고 있는 것을 충분히 누리며 살았으면 좋겠습니다. 나에게 없는 것보다, 나에게 지금 있는 것으로 행복했으면. 더 많은 것을 바라는 욕심을 조금만 비운다면 어떨까 합니다. 혹시 지금 많이 괴롭다면 말입니다. 원인 모를 열등감이 당신을 자주 떠돌게 한다면 말입니다.

물론 욕심은 윤택한 삶에 원동력이 됩니다. 평생 우린 더 나은 나날을 위해 발전적인 노력을 해야 할 것입니다. 하지만 지금 내가 가지고 있는 것에서 아무런 행복도 만족도 얻지 못한 채 괴로워만 한다면 곧 평생을 불행하게 살아가게 되겠지요.

그러니 가끔은 당신에게 펼쳐져 있는 풍경을 아껴주기를 바라는 겁니다. 이따금 주위를 돌아도 보며 잠시 쉬어갈 돌담을 물색해보자는 겁니다. 결국에 삶을 올라야 한다는 사실은 변치 않을 것입니다. 그러니 당신의 길이 너무 험난하지 않았으면 그걸로 좋겠습니다.

쫓기듯 어딘가로 가지 마세요.
길을 완전히 잃어버리지 않게.

낡지 않는 꾸준함

언젠가의 꾸준함은
기억의 바닥으로 자리 잡아
우리를 낡지 않게 한다.

그런 말을 들은 적 있다. "그만큼 간절하지 않아서 그래요. 그러니까, 설렁설렁 하는 척하고 대충 살아도 괜찮은 거야. 그만큼 절박하지 않다는 거야." 그래 언젠가부터 그 어떤 목표를 세운다 하더라도 발전의 형태와는 관계없이 간절함의 유무가 가장 근본적인 뿌리가 된 듯 보였다.

어떤 사람의 노력은 간절함이란 단어 하나에 소박한 모래알이 되기도 했고, 어쩌다 모래 속에서 발견한 진주가 되기도 하였다. 그게 난 좋기도 하면서 싫증이 났다. 대뜸 얼마나 간절하냐는 질문에는 우물쭈물 거리는 입모양이 느껴지기도 했으며, 한편으론 나의 노력이 소박해지는 것 같아 분하기도 했기 때문이었다.

그래서 한때 간절함의 총량에 대해 생각한 적이 있다. 나는 얼마큼이나 간절한 사람인 걸까. '내일 당장 집에 빨간 딱지가 붙는다면 간절해질까? 만약 내일부터 3일을 굶는다면? 나와 비슷한 사람이 득실거리는 공간에 있다면? 그렇다면 지금 당장 밥을 새워서라도 원고를 썼을까. 잠 한숨 자는 것도 사치인 걸까.' 가뜩이나 갈피를 못 잡는 정신상태에 균열이 가는 듯했다. 끝내 결론을 접어두었다.

그러니 만약 그런 걸 수치로 나타낼 수 있다면, 사람들은 아마 아무런 노력도 하지 않을 거라고 생각했다. 간절함이란 단어에 기대어 그 어떤 노력도 합리화시켜버릴 듯했으니까. 어떤 일화를 말하자면 먼 옛날 '관상'이라는 것이 처음 생겨났을 때, 사람들은 자신의 운과 운명에 기대 태평하게 살다가 모두 망해버렸다는 이야기가 있다. 그래서 생각을 바꿨다. 간절함, 그런 건 모르겠으니 그저 꾸준해야겠다고.

꾸준함이 모든 걸 이긴다는 말을 종종 듣는다. 그런데 왜일까, 무조건적으로 꾸준함이 성공한다고 말하기에는 너무 무책임해 보였다. 막연히 '열심히 해' 같은 말과 별다를 것 없어 보이는 푸석한 말처럼 들렸다. 너무 당연해서 오히려 싫증이 나는 것이랄까. 우린 버텨야 하는 것과, 버려야 하는 것을 구분할 줄도 알아야 하며 더욱이 발전이 더해진 꾸준함이어야 한다. 현상유지와 꾸준함은 한 끗 차이라, 자칫 잘못하면 비겁한 변명이 될지도 모르는 일이다.

사실 꾸준함이란 목표를 이루기 위해 중요한 기반이 되는 것 중 하나일 만큼 너무나 당연한 것이다. 가장 바닥에 존재하는 기본 목표이다. 다만 그 당연한 것조차 종종 잊어가기에 그러한 말도 회자되는 거라고 생각했다. 꾸준함이 꼭 '이루어 냄'의 종지부를 찍는다고 말하기에는 아직 미지수다. 생각해야 할 것들이 너무 많다.

그러나 꾸준했던 사람은 안다. 어떤 만만해 보이는 일도 파고들면 들수록 쉬운 것은 하나도 없다는 것을. 그렇게 온 힘을 쏟아본 사람은 무언가 어설프게 건드리는 법 없이 자신의 시간을 관리할 줄 알며, 자신이 버텨야 하기에 충분한 가치를 알고 있다. 꾸준함이 한 단계 숙성된다면, 그로 인해 자신을 더욱 알게 된다는 것이다. 나를 건강히 알아가는 일은 단연코 인생에 복이 된다.

인생, 그런 건 나는 잘 모른다. 인생이라는 거대한 적장과 싸우는 방법 따위가 과연 무엇일지. 별로 알고 싶지도 않다. 방법론을 안다고 해서 필히 승리할 수 없다는 것을 알기 때문이다. 인생 앞에서 부산을 떨고 싶지 않다. 다만 그리 호락호락하게 당하지만은 않을 수 있다. 우리가 정성을 들이는 꾸준함이 우리를 무조건적으로 강하게 만들지는 못할지언정, 최소한 우리를 낡아 빠지게 내버려 두지는 않을 거라고, 나는 아주 믿는다.

당장의 미래가 지옥길이 될지 꽃밭이 될지는, 누구보다 당신이 결정짓는 것이다. 당신이 버텨내는 것의 가치가 당신이 믿는 것이라면, 오롯이 계속하는 사람이 무조건 이기는 것이다. 당신의 꾸준함은 당신이란 사람을 찾아가는 하나의 기록이며, 어딘가에서 나타날 근사한 기억이다. 수없이 무너졌던 언젠가의 기억은 결코 낡지 않는다.

꾸준함은 단단한 기억의 힘이 된다. 그것도 당신의 가장 깊은 곳에서 와인처럼 숙성되어 간다. 기억의 힘은 당신의 생각보다 훨씬 위대해서 두려움에 멈춰있던 걸음을 커다란 걱정 없이 내딛게 하거나, 잊었다고 생각했던 기억이 뜬금없이 튀어나와 당신을 다시 포장도 벗기지 않은 새것으로 만들 것이다. 당신의 초심을 흔들어 줄 것이며, 당신의 이상을 한결 뚜렷하게 할 것이다.

당신이 보이지 않는 어딘가에서 쓰디쓴 고독을 뱉었던 모든 장면들은 당신이 새롭게 앞으로 나갈 자원이 되어 준다. 잠시 쉬어가도, 뒤처져도. 당신이 믿는 가치에 온 힘을 다해 꾸준하기를. 숙성된 가치는 당신을 낡지 않게 한다.

당신의 꾸준함이
당신의 간절함이다.

자주 울고 살았으면

눈물이 나야 할 때
눈물이 안 나오는 것은
씩씩해서가 아니라
마음이 심히 고장 나고 있다는
징조일 수도 있다.

우린 어쩌면 어릴 적부터 너무 강하고 늠름하게 살아가기만을 교육 받아온 탓에 자신을 냉정하게 바라보는 태도가 당연시되어 있는지도 모르겠다. 어느 초등학교를 봐도 그렇다. 하나같이 초등학교의 교훈들은 슬기롭고, 바르고, 굳센 것들이었다. 내가 다니던 초등학교의 교훈은 '스스로 서자'였다. 교훈을 삐딱하게 바라볼 의향은 없다. 각박한 세상을 준비해야 하는 입장에서 새겨야 했을 당연한 태도였을 테니까.

그런데 자꾸만 나는 우리가 너무 씩씩하지만은 않았으면 좋겠다. 그렇다고 해서 약해지자는 말이 아니라, 고작 찰나의 삶에서 행복을 찾는 게 전부인 우리가 온전히 우리로 살았으면 하는 작은 바람이다.

자신을 삭막한 언덕으로 몰아세우는 것은
여전히 냉정하고 거대한 세상만이 아니라
때론 여유가 사라진 나 자신일 때도 많았으니까.

당신은

당신은 어떻게 살아가시나요.

당신은, 이토록 폭력과 아름다움이 공존하는 세계를 미워하고 시기하다가도 끝내 껴안을 수 있나요. 금방이라도 울 것만 같은 하늘을 훌훌 털어내고 메마른 땅을 거닐 수 있나요. 사랑과 이별에게서 자유로울 수 있나요. 세상의 억압이나 속박을 버텨낼 수 있나요. 진심과 가식을 구분할 수 있나요. 선입견과 가스라이팅에서 안전하신가요.

깨끗한 술에 취할 수 있나요. 애매하게 취해 집까지 걷는 길을 대수롭지 않게 넘길 수 있나요. 차오르는 마음을 달랠 수 있나요. 고즈넉한 노을을 담아낼 수 있나요.

당신은 감정을 통제하시나요. 감정에 지배당하나요.

당신이 신발을 질질 끌며 걷던 길목의 가로등은 얼마나 밝았나요.

평생 마주치지 못할 사람을 만난 적이 있나요. 그 사람에게 기어이 휴대폰을 들이밀지 않을 수 있나요. 순간을 오롯이 만끽할 수 있나요. 당신의 눈에는 얼마나 많은 풍경이 담겨 있나요. 머릿속에서 지울 수 없는 사진이 몇 장 정도 되나요. 그 냄새를 기억하시나요.

당신은 정녕 사랑하는 사람에게 사랑한다는 말을 얼마나 자주 할 수 있나요. 표현을 자주 하시나요. 말이 목에서 찰랑거리는데도 소리를 참아내시나요. 애매한 표현으로 아쉽게 보낸 사람이 있으신가요. 그렇게 보낸 후에는 주로 혼잣말을 하셨나요. 앞에서 못다 한 말을 허공에 써 내려간 적이 있나요. 그 글자들은 다 지워졌나요. 종종 하늘에 비추나요.

하고 싶은 일을 찾으셨나요. 그 일을 실제로 하고 사시나요. 하고 싶은 일만큼이나 해야 할 일을 하고 계신가요. 해야 할 일과 하고 싶은 일 사이에서 헤매는 중인가요. 방황하고 있나요. 아직 준비하는 단계인가요. 당신에게 일은 습관이 되었나요. 강박이 되었나요. 당신을 위한 땀을 흘리시나요. 타인을 위해 당신을 쏟으시나요.

돈을 얼마나 버시나요. 돈을 아껴야 할 때와 써야 할 때를 구분하실 수 있나요. 돈 때문에 무너지지 않을 수 있나요. 때론 돈 덕분에 얼마나 행복할 수 있나요. 당신은 돈을 위해 살아가나요. 돈 외의 것들로 살아가나요. 돈 외의 것들을 잃지 않으려 돈을 버시나요. 돈으로 돈 외의 것들을 유지하나요. 무엇이 되었든 그것들을 여전히 잘 간직하고 계신가요.

식사는 제때 챙겨 드시나요. 하루에 몇 번 심호흡을 하시나요. 맑은 숨을 쉬며 살아가나요. 바람을 만지시나요. 바람에 나뭇잎이 우수수 흔들리는 날에 문득 그리워하는 사람이 있나요. 당신은 보고 싶은 사람을 얼마나 자주 보며 살아가시나요. 당신은 고작 찰나일 이 삶을, 얼마큼 당신으로 살아갈 수 있나요. 당신은 숨을 쉰다고 하여 살아있다고 말할 수 있나요.

당신은 오늘도 살아 계신가요?

위로가 별건가

당장의 의지가 고갈된 이에게 어설픈 격언이란
정밀이지 화가 나는 일이야.

그냥 어깨에 손 하나 올려주는 거
그거면 되는데.

진정한 위로란

위로에도 비극이 있었다. 아무런 위로가 되지 않는 말을 듣고 고마워해야 했다는 것. 힘 내란 말이 힘없이 떨어졌을 때 고스란히 주워 담아야 했다는 것이었다. 형식적으로 전달받는 말들에는 왠지 모를 삐딱한 마음이 생겼다.

그저 아무 말 없이 옆에서 핸드폰 하는 사람, 묵묵히 이야기를 들어주는 사람, 감정의 요동을 있는 그대로 받아주며 편안한 상태를 만들어주는 사람. 나는 그런 이들을 더 사랑한다.

이따금 위로를 건네야 하는 순간이 있다. 그리고 때론 현실이 너무 잔인하고 참담해서, 거기에 대고 어떤 위로나 조언을 더할 수 없을 때가 있다. 예를 들면 어떤 이와의 영원한 이별 같은 것. 들인 공과 시간에 비해 너무도 초라한 현실을 마주할 때. 절망이란 단어와 소름 돋게 어울리는 사람을 볼 때다.

그럴 땐 그저 말없이 옆에 있어주기만 한다면 어떨까. 그저 당신의 온기를 나눠준다면 어떨까. 영혼 없이 하는 인사치레처럼 힘없는 위로를 떨어트리지 않는다면 어떨까. 힘없이 떨어진 위로를 고스란히 주워 담는 사람은 안 그래도 망가져 있으니까.

위로란 내가 하고 싶은 말보다 상대방이 듣고 싶은 말을 해주는 것이다. 그러니 상대방이 듣고 싶어 하는 말을 알 수 없다면, 혹은 아무 말도 할 수 없다면, 굳이 말을 짜낼 필요는 없다. 때론 몇 마디 말보다 한 시간의 침묵이 사람을 살린다.

진정한 위로란 '힘내, 괜찮아, 잘될 거야' 같은 말이 전부가 아니다. 위로란, 적당량의 '침묵'과 상대방이 자신의 이야기를 할 수 있게끔 만드는 '경청' 그리고 고통 속에 망가진 상대를 묵묵히 기다려주는 '인내'이다.

어떤 완벽한 위로도 고통의 구렁텅이에서 사람을 단번에 건져 올릴 수는 없다. 사람마다 위로를 흡수하는 능력과 위로를 딛고 다시 올라설 수 있는 그릇이 모두 다르니까. 가끔은 아름다운 말로 어서 빨리 괜찮아지라고 손짓하는 것보다, 묵묵히 상대를 기다려주는 마음이 더없이 소중하다고 믿는다.

그리 넓지 못한 어깨일지언정 그거라도 잠시 내어주는 움직임. 마음이 건너가는 표현. 바닥 밑에서 올라오려는 사람을, 묵묵히 기다려주는 포용. 당신이 그런 마음을 건네는 사람이라면 좋겠다. 그저 눈빛만으로 상대방의 어깨를 토닥여주는 따스함이라면.

막연한 사랑보다 이해로

자신을 존중하고 사랑하고 싶은데, 마음처럼 해내지 못할 때가 있다. 살다 보면 자신의 모난 구석을 발견할 때가 오는데 그곳엔 어린아이가 서 있기도 하고, 여러 사연을 숨긴 노인이 있기도 하다. 나에게 익숙하지 않은 것, 때론 화해해야 하는 것, 쉽게 물들 수 없는 것이 그쪽 구석에 있다. 그것들을 어떻게 하면 좋을까. 우리의 팔은 수많은 나를 한 번에 끌어안을 만큼 그리 넓지도 단단하지도 않은데.

마음처럼 안 되는, 생각보다 힘겨운, 생각지도 못했던, 괜찮은 줄 알았는데 알고 보니 괜찮지 못했던. 그런 의문과 충돌 앞에서 종종 '나는 어떤 사람이지?'라는 물음에 빠진다. 반복되는 물음에 울적해지기도 하고, 새삼 고독도 느낀다. 그럴 때면 여기저기서 들은 조언이나 격언을 과하게 소화하려 한다. 이를테면 '자기 자신을 사랑해야 한다'는 말이다.

고백하건대 나는 자기 자신을 사랑하라는 말을 그리 좋아하지 않는다. 막연한 사랑보다는 이해로 다가가는 편이 나를 아껴주기에 훨씬 더 수월하기 때문이다. 어렴풋이 알고 있을 것이다. 스스로를 사랑하라는 말은 인간이 명왕성으로 날아간다는 것보다 더 추상적이라는 것을. 이해가 먼저고 그다음 스텝이 사랑이다.

자신이 누군지도 모르는 상태에서 막연한 사랑이란 도리어 독이 된다. 이해되지 않는 나를 애써 사랑하려다 병드는 것은 누구보다 자기 자신뿐이다. 막연한 다짐은 당연히 이루어낼 수 없다. 무작정 나를 사랑하려는 것보다 사랑해야 할 나에 대해 잘 아는 것부터 시작해야 한다.

그렇다면 사랑이 뭘까. 사실 우리는 '사랑'이란 단어에 일정 부분 매료되어 있다. 정확히 사랑이란 것이 무엇인지 잘 모른다. 애당초 사랑이란 것 자체가 소유할 수도 없고 확신할 수도 없으니까. 덕분에 우리는 삶을 살아가며 터득한 가지각색의 사랑을 품에 들일 수도 있는 것이다. 이토록 우리는 사랑을 알 듯 모른다. 길을 지나는 사람을 한 명씩 붙잡고 '사랑이 뭘까요?'라고 묻는다면 아마 겹치는 답변을 손에 꼽을 것이다.

사랑에 물음표를 심어놓은 마당에, 겨우 자신을 사랑하려 하는 것이 과연 무얼 얻고자 하는 걸까. 나는 잘 모르겠다. 때론 덧없이 "나를 사랑해야지"라는 말로 스스로를 속이지 말자. 절대로, 이해하지 않은 무엇도 사랑이라고 말할 수 없다. 사랑이란 글자에 잠시 매료되는 것뿐이다.

나는 다른 무엇보다 스스로에 대한 이해가 비로소 자신을 사랑으로 이끌 거라고 믿는다. 타인과 나, 삶과 나, 현실과 이상, 감정과 기분, 그 사이 어딘가에서 무너졌거나 아파하기도 하였던 나를 있는 그대로 받아들이는 것. 부족했던 자신을 깨달아 알아가는 것. 두려워하지 말고, 내면 깊숙한 곳의 나를 끄집어 놓는 것. 꺼내 놓은 내게 솔직할 것. 이해란 그렇게 나를 객관적으로 보는 맑은 눈을 기르는 것과 동시에 폭신한 가슴의 들판이 넓어지는 과정이다.

이해가 사랑으로 나아가는 순간은 그리 멀고 고되지 않다.

우리는 우리를 사랑할 수 있다.

물결처럼

언젠가 당신은 말했습니다. 산다는 건, 무언가 흘리는 일이 많아지는 거라고. 대표적으로 눈물일 거고, 그다음이 사람일 거라고. 지나간 것도, 다가올 것도, 우린 아무것도 예견할 수 없다고. 다만 흘러가는 대로 살다 보면 온 마음을 담은 바람이 너에게 슬며시 불어오는 일도 종종 생길 거라고. 그러면 그곳에서, 담아내야 할 것을 담으면 되는 것이라고. 그렇게 말했습니다.

삶은 물결처럼. 때로는 누군가에게 배신당하기도 하고, 또 때로는 누군가와 손잡기도 하면서 흘러 살아가는 것이라고. 병들지 않았다면 그것으로 되었다고.

이제 와 떠올려보면 나는 참 많은 것을 붙잡고 싶어 허둥대며 살았습니다. 기댈 곳이 많이도 필요했나 봅니다. 언젠가 텅 빈 나를 마주했을 때 다짐했습니다. 이제는 그러지 않겠다고. 진부하지만 역시 나의 기댈 곳은 나라는 것을, 아무것도 없는 상태에서 비로소 자각했습니다.

여기까지 오느라 애썼습니다. 그럭저럭, 잘 왔습니다. 저는 이대로 흐르겠습니다. 당신도 당신의 속도만큼, 부디 잘 흘러주세요.

우리가 언제 완벽하게 살았던가

때론 지나치게 완벽해지려는 강박이 도리어 스스로를 해칠 때도 있다. 사람은 완벽할 수 없으며, 완벽한 사람도 없고, 완벽해지려 할 필요도 없다. 너무 완벽한 사람은 사랑받기 힘들뿐만 아니라 사랑하기도 힘들다. 완벽이라는 환상에서 '평범함'은 불행한 존재가 된다.

나는 우리가 완벽한 기계보다 미숙한 인간으로 행복했으면 좋겠다. 별거 아닌 것에 깨지고 뒹굴다가, 그리고 웃다가.

우린 서투르고 미숙해서, 넘어지고 일어서고. 별거 아닌 일에 앓아눕기도 하면서 그것으로 무궁무진하게 발전해 나간다. 살아가는 것과 발전에 끝은 없다. 발전이 끝났다고 생각하는 순간은, 조금 거칠게 표현해서 죽을 때일지도 모른다.

그러니 스스로가 완벽해졌다고 믿는 순간 정체된다는 말이다. 우린 부족해서 아름답다. 다른 말로 인간미 넘치는, 어떤 무엇도 가질 수 없는 우리만이 가진 아름다움이 있는 것이다.

우리가 또 언제는 그리 완벽하게 살았던가.

2장

사랑을 여유롭게 사랑할 것

영원히 혼자여도

마음은 우아하게.

자연스럽게

사랑이 폈다고 합니다.

폈기에 진다고 합니다.

꿈결

분명 그 무렵의 나를 사랑했던 사람이 있었는데, 어떻게 그 환영 같은 일이 가능했을지 아직도 의문스럽다. 나는 이제야 아주 조금씩 나를 마음에 들어 하기 시작했는데, 비로소 누군가를 겨우 사랑할 거 같은데. 그때의 나는 도대체 뭘 믿고 사랑에 온 몸을 던져버렸으며. 그 사람은 대체 무엇을 보고 나를 사랑하기로 하였을지. 어째서 하필 그 시절의 나였을지.

문득 모든 게 변해버린 자락의 끝에서, 닿을 수 없는 심해의 깊이를 탐험하곤 하였다. 그 안에서 무언가 발견했다면 그 시절 우리의 순수함이나 천진난만함 같은 거다. 그토록 단순한 영혼이었기에 우리는 그게 뭔지도 모르고, 사랑 같은 걸 했나 보다. 그런 우리는 서로가 흘리는 시간이 많았고, 흘렸던 시간을 다시금 주워 담아야 할 때쯤엔 이미 이별을 맞이한 후였다.

우리는 함께 심해 속에서 죽었고 시간이 흘러 성숙을 얻었다. 아무런 대가 없이 나누던 사랑은 조금 해진 지금에서야 이따금 출렁거린다. 수많은 의문점들과 함께, 꿈같은 사랑을 한가득 싣고서.

안녕

구태여 제가 그날의 진심을 말하지 않았던 건, 당신이 나를 안아주기를 바랐던 것도, 당신이 조금 더 후회하기를 바랐던 것도, 그저 아무것도 아니었습니다. 돌아오는 길이 이렇게 큰 불행을 안고 오는 길이었다는 것을 알고 난 후, 단지 가는 길이 두려워 옴짝달싹할 수 없었던 것뿐입니다.

우리는 소란하지 않게 헤어지길 잘했습니다. 기꺼이 시시하게 끝난 우리가 자랑스럽습니다. 덕분이 우린 추억 속에 바랜 한 장의 사진으로 잠들 수 있었고, 비록 사진은 늙지 않을 수 있었으니까요. 아무도 모르는 연애란 이래서 짜릿한가 봅니다.

안녕, 그 일은 생각보다 어려운 일도 아니었나 봅니다.

솔직한 사람

나는 너무 솔직해서 비밀이 많은 사람이다. 사람을 아주 잘 가린다는 말이다. 적당히 어울리고 헤어지는 만남을 퍽 완벽하게 해내지 못한다. 그럴 바에야 애초에 만나지도 않는다. 어설픈 가면을 굳이 써가며 얻었던 만남은 이것도 저것도 아닌 그저 미지근한 관계들뿐이었다. 아무것도 아닌 관계. 웅덩이처럼 고여 썩어갔어도 모를 관계들.

솔직함이 주었던 사람의 아름다움은 꼭 신기루 같았다. 마음의 민낯을 훤히 드러냈을 때의 편안함은 다소 신비로운 경험이었고, 여러 해 여러 사람을 겪으면서도 결국 '우리'로 남았던 사람은, 모두 서로에게 솔직했던 사람이었다.

때론 과한 솔직함이 약점이 되어 발목을 잡았지만, 결코 움직일 수 없었던 발걸음을 떼어내게 했던 것 또한 무엇보다 서로를 향했던 가식 없는 마음이었다. 누군가에게 나의 내면을 드러낸다는 것만큼 변치 않는 자리는 없다. 나는 감히 우리가 될 것을 두려워하지 않는 사람을, 두고두고 사랑한다.

결국 다 마음

마음이,

굴뚝같아도 멀어지게 되는 사람이 있고

증발하는 연기 같다가도 어쩌다 가까워지는 사람이 있다.

하루아침에 방문을 활짝 여는 낯선 사람이 있고

제아무리 문을 한껏 열어놓아도 그림자 하나 비추지 않는 사람이 있다.

언제나 한결같이 소중한 사람이 있고

소중하다고 해서 지킬 수 없는 사람이 있다.

좋아할 것 같은 사람이 있고

좋아한다고 말할 수 없는 사람이 있다.

영원히 고등학교 1학년인 사람이 있고

3분 만에 졸업을 해버리는 사람이 있다.

평생 함께하여도 괜찮을 것 같던 사람은

평생 마주치기도 싫은 사람이 되기도 하였다.

우리 사이

무언가 잃어본 사람은 대개
아무것도 잃어본 적 없는 사람보다 더 많은 걸 알고 있다.

이를테면 영원할 것 같은 관계도, 사람도, 마음도, 사랑도 없다는 것을.
아무리 노력해도 붙잡을 수 없는 것이 있다는 것을 말이다.

그래서 때론 '우리 사이'라는 익숙함에 안주하더라도
서로에게 늘 봄빛처럼 안온할 수 있다는 것을 안다.

상대의 모든 걸 알았다고 생각하는 순간
무너져 내리는 게 인간관계다.

언제까지나 가까운 사람과 어울릴 수 있을 거라고 쉽게 단정 짓는다면
언젠가 많이 아플 수 있다.

그러니 매사 만남을 소중히 여겨야 한다.

사람은 생각보다 잃어버리기 쉽다.

생각할 시간

편의점에서 소주를 얼마나 마셨을까. 그날도 당신이 나의 연락을 기다린다는 걸 알았다면, 늘 그랬던 것처럼 술김에 연락이라도 해볼걸. 쓸데없이 많은 걸 참느라 당신을 놓쳤다. 그게 당신을 잡아끄는 거라고 생각했으니까. 아니 최소한 떠내려가지 않게 붙잡는 거라고 믿었으니까. 어리석었다. 어쩌면 처음부터 어긋난 당신과 나였다.

그래, 그 말이 나온 순간부터 그랬다.

"생각할 시간이 필요해."

우리는 그해 시간을 가지자고 말하며 서로 기다리기만 하다가 동시에 허공에 날아갔다.

당신의 그 말은 잡아달라는 것도, 헤어지자는 것도 아니었다. 그저 여유가 필요하다는 말이었다. 잠시 동안 나와 연결된 모든 것을 끊고 도망치고 싶다는 말이었다. 숨을 쉬고 싶다는 작은 외침이었다.

그래서 이미 결판이 났던 경기였다. 생각보다 멀어져 버린 당신의 마음이 그렇게 가 있기까지 들여다보지도 못하던 못난 나에게, 당신이 건넬 수 있었던 최고의 이별 문장이었다.

(2017)

그대를 더 많이 담을 수 있도록

나를 알아갈수록

당신이 더 잘 보이기 시작했습니다.

당신이 잘 보일수록

나는 더 많아져 갔습니다.

한때는 의문 가득한 당신을 파헤쳐 보려 했습니다. 이해할 수 없는 것, 그래서 이해하고 싶은 것, 알고 싶은 것, 보고 싶었지만 보이지 않던 것. 당신이란 존재는 나를 돋보기를 든 고독한 탐정이 되게 하였습니다. 미제 사건을 도맡아 거리를 내도는 운동가가 되면서도 힘겹지 않았습니다. 당신이 퍽 궁금했습니다.

그러한 당신을 자세히 알고 싶었지만 한계가 있었습니다. 나는 열정적으로 당신을 탐구했지만, 정작 나 자신을 알지 못했으니까요.

하루는 당신을 알아내겠다는 생각을 버리고 나에게 집중했습니다. 그러자 이상하게도 당신이 선명해지기도 했습니다. 그랬습니다. 우리는 모두 같은 눈을 가졌지만 볼 수 있는 것은 천차만별이듯, 당신을 보는 맑은 눈을 기르는 것은 그런 당신을 보는 나를 알아가는 거였습니다.

당신의 모습이 많아질수록, 당신이 선명히 보일수록, 나는 여러 방면으로 당신을 마주했습니다. 전과는 다르게, 시시각각 다른 당신에게도 꼭 맞는 나를 내보일 수 있었습니다. 그런 나를 준비할 수 있었습니다. 이런 내 모습도, 그렇게 당신만큼 많아져 갔습니다. 사랑이 많아지고 있었습니다.

내 수준에 과분하고 내 그릇에 넘치는 사람을 만나면, 나를 버리고 지워버리는 게 오히려 당연한 줄 압니다. 무한정으로 맞춰주고 할애해도 그저 괜찮을 것만 같습니다. 내가 어디서 이런 사람을 만날 수 있겠냐고, '사랑'이라는 환상에 나를 떨어트립니다.

그건 마치 인형놀이를 하는 것과 비슷합니다. 시간이 지나고 보면 정작 가장 중요한 서로의 속을 알 수 없게 되거든요.

그런 관계에서는 나를 위해 마음을 조금 떨어트리는 것이 좋습니다. 마음이 없는 관계에서 다치는 사람은, 도리어 마음이 있는 쪽이니까요. 사람에게 너무 많은 정을 붙이는 것은, 사랑을 하게 되는 것과 동시에 나를 버리겠다는 말도 되기에. 가끔은 사랑하는 나를 건강히 알아가는 것으로 사람을 더 넓게 품을 것 같습니다.

내가 먼저 온전해져야 사랑하는 사람을 더 많이 담을 수 있습니다.

장사꾼

'내가 너를 좋아한 만큼, 너도 날 좋아해야 해.'

이런 마음은 상대방을 독재하겠다는 마음이에요. 내가 누군가를 좋아하는 건 나의 선택이고 자유이지만, 내가 좋아했으니 상대방도 나를 좋아해야 한다는 의무 같은 건 없어요. 좋아할 수도 있고, 아닐 수도 있는 거예요.

누군가를 좋아한다면 그저 좋아하면 돼요. 감정이란 것에 값을 따지지 마세요. 그건 장사를 하겠다는 거니까요. 값을 매기지 않고 덧없이 퍼주어도 괜찮은 것. 결국 사랑이란 그런 거예요.

상대방이 나를 좋아하게 만드는 방법은, 미안한 말이지만 그런 건 이 세상에 없어요. 누군가의 생각을 내가 조종할 수 없고 간섭할 수도 없어요. 무슨 수로 타인을 내 마음대로 할 수 있겠어요. 종종 나도 나를 어떻게 못하면서.

혹시 억울하다는 마음이 든다면, 누군가를 좋아한 것에 대가를 치른다고 생각한다면 어떨까 해요. 세상에 공짜는 없는 법이에요. 따지고 보면 돈 잃고 몸 잃고 시간 잃고 마음 잃는 것보다 잠깐 억울하고 마는 게 더 나을지도 몰라요.

만남에 갑과 을이 존재한다고 하지만 사실 그런 경우는 거의 없어요. 내가 갑이었던 순간은 기억에 남지 않는 법이거든요. 억울하다는 마음이 들었다는 건 그만큼 많이 좋아했다는 말이겠죠.

그토록 누군가를 좋아했던 나를 못 알아본 그 사람을, 이제 그만 아쉬워하세요.

모질어야 마땅한 이별

모질어야 마땅한 관계의 종말도 있다. 그런 종말에서 다정함이란 필히 독이 된다. 미련의 여지를 남기기 충분하기 때문에.

모질지 못해 이별을 질질 끄는 사람이 있다. '심성이 고와서, 성격이 착해서'라는 게 이유라고 한다. 나보다는 상대의 기분이 더 중요해서 차마 용기 내지 않는 거라고, 배려의 마음이라고 그렇게 쉽게 착각한다.

하지만 어쩌나, 실상은 그것과는 거리가 먼 경우가 많다.

지속할 이유가 희미해진 관계에서 모질지 못한 것은 '착한 게' 아니라 '소심'한 것이다. 더 나쁘게 말하면 소심하면서 '이기적'인 것이다. 누구 하나 다치지 않고, 애태우는 마음 없이 정돈된 이별을 하고 싶다는 욕심이다.

그 같은 생각은 스스로를 좀먹는 데 단연 일등공신을 한다. 이미 어긋난 관계에서는 나의 의견과 감정을 솔직하게 표현할 줄 알아야 한다. 아니, 그래야 마땅하다. 마냥 좋은 사람으로 남고 싶다면 커다란 오산이다. 진짜 좋은 사람은 그런 사람이 아니다.

정말 좋은 사람은, 와야 할 때 올 수 있고 떠나야 할 때 떠날 수 있는 사람. 자신의 역할과 위치를 정확히 아는 사람. 기꺼이 자신의 삶으로 미련 없이 돌아나갈 수 있는 사람이다.

모질지 못한 사람은 면전에서 말할 용기는 부족하나, 이별을 감당할 책임은 피하려 한다. 한마디로 '어린 사람'이다. 이들은 때때로 '최대한 아프지 않은 이별'을 위해 더욱 확실한 상황을 만들기도 한다. '헤어져야 마땅하다'는 인식이 들게끔 관계를 교묘히 이끌어간다. 헤어질 구실을 만드는 것이다. 그것으로 자기 자신은 이별의 책임을 최소화시킴과 동시에 떳떳하다고 믿기 때문이다. 우리 최소한 그런 가련한 인간은 되지 말아야겠다.

헤어질 구실까지 만들며 지저분하게 지키고 싶은 게 과연 무엇일까. 어쩌면 스스로를 위한 이별의 합리화와, 홀로 남겨진 초라함을 마주하기 싫은 나약함이 아닐까 생각했다. 하지만 인생에는 해결할 수 없는 감정도 있으며, 해결하려 들면 도리어 아파오기도 하는, 그런 것이 있다. 이별이 그렇다. 그래서 이별은 많은 사람을 허전하게 함과 동시에 찰나의 배움을 주기도 한다.

모질지 못해 이미 어긋난 관계를 질질 끌지 말자. 이별을 해석하고 풀어내려 하지 말자. 어중간한 다정으로는 맞춰지지 않는 관계도 있으며 무겁게 지니고 있으면 언젠가 나를 짓누르고 마는 아픔이 있으니까.

안타깝지만, 이별의 아픔을 이길 수 있는 방법은 없다. 오직 하나 방법이 있다면, 차라리 실컷 아파하는 것이 전부다. 이별이란 상처에 딱지가 빨리 지게끔 말이다. 상처는 오히려 대수롭지 않게 놔둬야 익숙해지고 더 빨리 아무는 법이다. 그렇게 우린 점점 마음에 굳은살이 늘어간다. 다른 말로, 성숙해진다.

아픔을 대하는 태도가 대수롭지 않게 되었을 때, 마음은 성숙한다.

지금까지의 관계를 돌아보면, 모질었던 사람에게 도리어 고맙다는 생각이 든다. 그 순간에는 많이 아프고 힘들었지만, 그로 인해 관계가 더욱 지저분하게 엉키지는 않았으니까. 최소한 파국으로 이어지지는 않았으니 말이다. 어쩌면 그건 관계에서 짧고 굵게 아프고 이내 지나가라는, 모진 사람만이 가진 세심한 배려였다.

우린 어렴풋이 알았던 것이다. 누가 먼저 헤어질 용기를 내지 않았다면 결국 돌아올 수 없는 다리를 건너게 될 것임을. 그러니 나약했던 나는 그날 모질었던 너의 용기에 감사를 보낸다.

우리에게 괜찮았던 이별은 없다.
괜찮지 않았기에 이별이었고, 사랑이었다.

비련의 주인공

인간관계에서 가장 비극적인 일은 일방적인 소통으로 한쪽만 노력하게 되는 경우가 아닐까 생각한다. 더 나은 방향으로 나아가려는 노력이 도리어 공기의 진동을 불편하게 만들어, 그저 흘러가게 두는 것보다 더 못한 결과를 초래하는 것. 한쪽은 부담스러워하며, 다른 한쪽은 부자연스러운 그 모습만이 개선의 정답이라고 믿는 것 말이다.

관계를 유지하기 위해 노력하는 단계에 가 있다는 것은 이미 그 자체로 비극적인 일이다. 그래서 애초에 결이 비슷한 사람을 만나는 게 좋다고 믿는다. 물론 노력을 함으로써 다시금 관계가 맺어질 수도 있겠지만, 그건 어쩌면 한쪽의 사람이 자신의 본성을 애써 가린 채 비련의 주인공이 되기를 자처하는 게 아닐까.

게임

당신과 함께할 때, 속절없이 불안에 시달려 눈앞에 있는 당신이 흐려지기도 하였다. 쓸데없이 많은 생각을 하느라, 당신과의 장면을 겹겹이 놓치기도 하였다. 어여쁜 당신은 언젠가 떠나갈 텐데, 우리는 없어질 텐데. 나는 당신을 너무 사랑하였다. 그 사실은 무정했다.

사랑하기도 바쁜데 이별을 머리에 담는 내가 이상했다. 결국 사랑하는 만큼 남겨지는 고통을 피할 수 없는 거라는 생각에 불안했을 것. 나의 하찮은 망상은 자주 우리를 망쳤다. 절절히 사랑하고 싶은 사람은, 내가 전혀 건강하지 않을 때만 골라서 꼭 그렇게 찾아왔다.

때때로 사랑은 덜 사랑하는 쪽이 이기는 게임 같은 거였다. 언젠가의 이별 앞에서 덤덤할 수 있는 사람. 뜨거운 눈물을 흘리지 않을 수 있는 사람. 당장이라도 뒤돌아 자신의 삶을 살아가는 사람이 지독한 사랑 게임에서 늘 이겼다. 구린내가 펄펄 나지만 결국 덜 아픈 쪽이 승리한다.

많이 사랑하는 사람들, 사랑받고 싶은 사람들아. 미안하지만 당신들은 금방 아플 거다. 최소한 당신 눈앞에 있는 그 사람보다는 고통스러울 거다. 어쩔 수 없다. 그게 사랑이라는 것에 처절한 대가이자 양면이니까.

하지만 누군가와 함께하고 사랑하고 헤어지며, 쿨 하고 멋있게 헤어지는 사람을 개인적으로 신뢰하지는 않는다. 이들은 무언가 진심으로 부딪혀야 할 때 진심을 다하지 않는 사람이기 때문이다. 진심을 다하지 않는 사람에게 사랑이란 그저 '쾌락'이나 '욕망'이다. 이들에게는 필히 손톱만큼의 감정을 써야 한다. 그래야 내가 안 다친다.

그러니까, 당신이 아팠던 것은 당신이 진심이었다는 것이고 진심으로 부딪혔던 사랑이라면 당신은 이미 누군가에게 잊힐 수 없는 존재로 남았다는 말이다. 몽글몽글한 추억이 많은 사람으로 사는 것은 결국 행복해질 사람만이 가질 수 있는 가장 확실한 조건이다.

정말로 사랑이라면, 사랑하며 찌질하지 않을 사람은 없다.

그러니까. 찌질하고 아픈 당신이 옳다. 비열하게 사랑에 이기는 사람보다 옳은 당신은 귀하다. 남겨질 아픔의 대가를 두려워하지 않는 사랑. 그보다 아름다운 건 이 세상에 또 없을 것이다.

우린 누군가에게 하릴없이 끌리는 것을 받아들여야 한다. 그러니 상처받기를 겁내면 안 된다. 기꺼이 아픔을 각오해야 사랑할 수 있다. 나는 평생 아프지 않게 사는 것보다 차라리 죽을 정도로 사랑하며 살고 싶다. 아니, 그렇게 살 것이다.

다음 생에서

다음 생엔 당신으로 태어나, 나를 지나쳐 가겠습니다. 걱정 마십시오. 필히 우리를 모르는 사이로 남겨놓겠습니다. 나는 나를 위해 당신을 알지 않을 것입니다. 당신이라는 멍청한 실수를 두 번은 하지 않겠습니다. 뭐가 됐든 지금보다는 괜찮을 것입니다. 나도, 당신도, 서로 모르는 사이로 그렇게. 어디서 죽어나가는지도 모르게. 그렇게 하겠습니다. 저에게도, 당신에게도, 그게 괜찮겠습니다.

다음 생에도 우리는 결국 서로에게 끌리겠지만
서로 짝사랑만 하다가 그냥 그렇게 멀어지도록 해요.
비록 시큰거리지만 문득 아름다움으로 남도록 해요.

추억

새로운 세상을 만나며 위안을 삼아도 추억이 기억 속에 남아 있는 한, 그리움이란 감정은 평생 함께 가야 할 동반자인 듯 보인다. 조금 친하게 지낼 수는 없을까 생각도 해보았지만 그럴 수 없다는 얼빠진 결론이 나왔다. 덕분인가. 가끔은 차라리 실컷 사무치고 아파해 버린다. 그리움이란 감정에 인위적인 물감을 덧대기 싫었으니까. 그건, 나를 지우는 것이나 다름없었다.

비록 서투르고 실수투성이어도 우린 이유 없이 아름다웠고, 아프도록 다정했다. 쓸데없이 진심이었고, 부족해도 행복했다. 그래, 사랑이었다.

별안간 그리움에 다녀가는 날엔 시야가 흐렸지만 모든 감촉이 진했다. 네게도 새삼 그런 날이 있다면. 이따금 너도 나를 추억해 주기를.

덮일 뿐이죠

오랜 기간 연애를 안 하다 보면 좋은 것이 있다. 얼떨결에 전애인의 생일파티 소식을 알지 않아도 된다는 것. 이따금 최근 SNS 프로필 사진을 볼 적에 이젠 그냥 이 땅 어딘가에서 잘 살았으면 좋겠다는 사람으로 남는다는 것.

이따금 나는 오래된 우리가 걷던 들녘을 기억한다. 부는 바람의 기운을 느낀다. 이제는 몇 장의 페이지로 남겨질 동화 속 이야기. 이제 우리는 바래지겠다. 먼 훗날 손자 손녀에게 들려줄 옛날 옛적의 이야기. 우리는 허허 웃고서 마른 침을 삼키는 사람이 되겠다.

이제 나는 그저 그런 당신을 풀어내 본다.

그리움이란 단어와는 거리가 먼. 시큰거리지 않는. 시린 비애가 아닌. 그렇다고 하여 완전히 잊히지도 않고. 결국 내 작은 공간 어딘가에 존재할 사람. 묵묵히 세상 어딘가를 해쳐가면서도, 그림자조차 느낄 수 없는 사람. 얼굴의 이름을 아는 사람. 수많은 평범함 중 특별한 외침이 될 수 있는 사람. 그러나 생에 그럴 경우는 다시 없으며, 없어야 마땅할 사람.

한때는 나보다 나를 더 사랑했고, 누구보다 나를 잘 알았던 사람. 때론 머릿속을 훑어 어떤 기억을 떠올리게 하지만 그저 생각으로 그치는 사람. 결코 마음에 닿지 않는 사람. 결과적으로 내 삶에 아무런 영향을 끼치지 않는 환영 같은 사람. 어떤 의미도 애틋함도 아닌 그저 조금 진한 추억으로 남은 것.

때론 그런 당신이 보고 싶으나 보고 싶지 않다. 궁금하나 궁금하지 않다. 고작 이렇게 이대로 때 묻지 않은 도시 어딘가에 남겨져 있기를 바란다.

어느 노래 속 구절이 말했다, '사랑이 다른 사랑으로 잊혀지네'라고.

"정말 사랑이 다른 사람으로 잊혀지나요?" 애절한 눈빛의 누군가 말했다. 그러자 그 가사를 쓴 작사가는 답했다.

"그럴 리가요. 그냥 덮일 뿐이죠."

사람은 사랑했던 시절을 지우지 못한다.

다만 덮일 뿐이다.

파도

소중한 것이 있었다. 사람이었다. 소중한 사람. 낯선 사랑이 얼룩져 묻은 사람이었다. 소중한 것은 꼭 파도처럼 덮쳐왔다. 잔잔한 파도가 아니다. 생각보다 거칠고 빠르게 마음의 모래사장을 쓸었다. 그러다가도 문득, 아무 일도 없다는 듯 잔잔하게 떠나버렸다. 소중한 것은 사라진다. 사라지면서도 문득 닮은 얼굴을 하고 있었다.

나는 어쩌면 자만하고 있었다. 소중한 것은 항구적일 거라고. 소중해서, 나 홀로 애태우면 언제나 지켜질 거라고. 나는 자각해야 했다. 그토록 소중한 사람이 남아있을 거라고 자신만만했던 것을, 아프게 꼬집었어야 했다. 너는 언젠가 고립될 거라고. 소중함이란 단어와 일절 관계없이. 알 수 없이.

소중한 것은 더욱 소중할수록 빠르게 소멸된다. 소중했던 시간은 한순간 빛처럼 반짝이고, 그래서 눈부시다. 괜스레 소중한 것을 무정히 대하는 연습을 했다. 가장 귀한 것을 흔하게. 무심히 두기로. 언제라도 능동적으로 고립될 수 있도록.

문득 올려다본 하늘에 사람이 그리웠다. 이제 곧 무엇인가 되어 쏟아져 내릴 듯했다. 사람이 사무치게 그리워지는 날이면 나는 사람을 파도처럼 생각한다. 다만 쓸리고 철썩이다가 잔잔히 떠나가는 거라고. 그러다가 기어코 찬란을 되찾은 어느 아침에, 그저 너울거릴 거라고. 나는 그해 파도의 기운을 기억하기로 했다. 그 기억으로도 나는 오랜 시간 출렁일 것이다.

비밀

그대는 갔습니다. 소리 없는 빈 날들로.

슬며시 옵니다. 사시사철 다른 곳에서.

나는 한 번씩 그대와 나의 최후를 생각합니다. 여전히 그대라는 차원에 '나'라는 존재가 어떻게든 숨을 쉬고 있다는 사실이 썩 즐겁지가 않아서. 완벽하게 나와 그대를 떨쳐내어 아무것도 알지 못할 곳에 놓일 하얀 날이 멀지 않았으면 좋겠다고 생각합니다.

그대는 내게, 죽어서도 죽지 않는 사람. 살아서도 살아나지 못하는 사람인가 봅니다. 이따금 차오르는 당신을 못 이길 때는 생각합니다. 차라리 내 사랑이, 기억이, 우리가, 소멸되게 해 달라고. 검은 밤 달에게 빌어보기도 합니다. 그렇게 지새우는 밤이 쏟아져 내릴 때가, 그대와 나의 최후이기를 간곡히 바라면서요. 당신이 떠오르지 않기를 바라면서도.

다만 아프지 않기를 바라겠습니다.

한때 나의 세상 전부였던 당신.

3장

인연은 함께 키우는 꽃과 같아서

덧없이 지는 노을에는 안녕을

한없이 커지는 애정에는 영원을 바랍니다.

그저 그것을 바랍니다.

살아볼 이유

나의 성취에 나보다 더 기뻐하는 사람.
내 행복에 물꼬를 터주는 사람.
지금껏 잘 살았다는 믿음을 주는 사람.
여전히 나를 떳떳하게 지켜주는 사람.
잃어버린 빛깔을 찾아주는 사람.
최선을 다해 사랑할 사람.
가끔씩 오래 애틋할 사람.

인연

당신을 끌어안아주는,
아껴주고 보고 싶어 하는,
사랑하고 행복할 그런 사람은

찾아 나선다고 해서 찾아지는 게 아니에요.

그들을 기꺼이 찾지 않고 당신을 가꾸어나가야
정말 좋은 인연을 만나요.
인연이 정작 다가왔을 때 놓치지 않을 수 있어요.

어떤 이유에서도 스스로를 구겨가면서
억지로 사람을 채워 넣지 마세요.

그런 사람들은 정작 당신이 힘들 때 없어요.
결국 전화번호부 숫자에 불과할 관계거든요.

남는 사람

수많은 사람 중 나를 있는 그대로 존중해 주는 '내 사람'을 찾는 방법은 아주 간단하다. 한 번쯤 남들이 하지 말라는 일을 고집부리며 해보면 된다. 때론 흔들릴 수 있을지언정 자신의 신념을 위해 열심히 살아가면 된다.

그러면 다양한 사람들의 모습을 볼 수 있다. 걱정을 해주는 사람, 조언을 해주는 사람. 응원을 해주는 사람과 술 한 잔을 사주는 사람이 있다. 그리고 변두리에서 슬쩍슬쩍 간을 보다가 소리도 없이 사라지는 사람이 있다.

밝은 말을 하는 사람

사람은 무언가를 같이 좋아하는 것보다 무언가를 함께 싫어할 때 급격하게 가까워진다.

미워하는 것. 증오하는 것. 나아가 혐오하는 것들의 목록이 나와 일치할 때 순간 강한 유대를 느낀다. 관계에서 행복을 일으키는 것들은 생각보다 보편화되어 있어서, 순간적인 호감의 스파크를 발생시키기 쉽지 않다. 하지만 미움이란 단번에 서로를 이끄는 안테나 같은 것이어서, 생각보다 많은 것을 무시하고도 단박에 가까워질 수 있다. 고작 나의 고통을 타인으로 하여금 인증 받는다고 느끼기 때문에. 어디서 쉽게 맛볼 수 없는 짜릿함을 가져다주기 때문에.

하지만 온통 미움으로 둘러싸인 관계는 자칫하면 멸망의 길이 될 수 있다. 특히 미움의 대상이 '사람'이라면, 더욱 최악이다. 미움이나 부정적인 감정을 배출하고 그것을 즐기는 사람에게 미움거리란 분명 한 두 가지로 한계가 찾아온다. 단물 빠진 껌을 뱉어 버리듯 계속하여 새로운 대상을 찾아 나서게 된다.

그리고 어느새 그건 당신이 될지도 모르는 일이다.

결국 싱그러운 이야기를 나눌 때
관계에 향기가 돈다.

짧게 끝나는 이벤트

나는 당신이 외로워지지 않기 위해 한 가지는 말할 수 있다. 외로워지지 않겠다는 것을 포기하라고. 다른 말로 나를 버려가면서 맺어가는 관계에서 행복하기를 포기하라는 말이다.

외로움이라는 괴로움에서 벗어나기 위해 꾸역꾸역 채워 넣는 사람은 마치 짧게 끝나버리는 이벤트와 같다. 외로움을 탈피하기 위해 맺는 관계는 그만큼 자극적이고 강렬하지만 후폭풍이 길게 몰아친다. 또다시 사람을 갈구할지도 모르며, 결론적으로 내 삶에 집중하기가 힘들어질 수 있다. 외로움을 이길 수는 없다. 해결할 수도 없다. 외로움이란, 삶에서 가장 익숙해져야 하는 감정이다.

주위에 사람이 아무리 많아봐야 나를 귀중하게 여기는 한 사람의 마음이 결국 나를 어떠한 고통의 우물에서 구해낸다. 단순히 겉모습이 매력적이라는 이유로 꾸역꾸역 채워 넣은 관계에서 나를 귀중히 여기는 사람이 나타날 확률은 정확하게 0%다. 있는 그대로가 아닌 다른 것들로 치장한 관계에서 사람이 보일 리가 없다.

사람을 넓고 광범위하게 사귀는 것보다, 내 곁에 남은 사람에게 당신의 온 힘을 다했으면 좋겠다. 사실 내 곁에 남은 사람에게만 최선을 다하기에도 삶은 벅차다.

당신 곁에 남은 사람이 당신에게 닿기기까지, 얼마만큼의 값진 확률을 뚫고 온 귀한 사람들일까 한번 생각해 본다면 좋겠다. 당연하게 주어지는 건 아무것도 없듯이, 찰나의 방심으로 너무 커다란 행운을 놓치지는 않게.

아마도 우린 필연적으로 외로울 것이다. 우리가 '우리'인 이상 외로울 수밖엔 없다. 그렇기에 외로움을 그리 거대한 감정이라고 생각하지 않아야 할 것이다. 외로움은 싸워 이기는 것이 아니라 그저 흘려보내는 것이다. 해석하고 해결하는 게 아니라 익숙해지고 무뎌져 불현듯 대수롭지 않게 되는 것이다.

그렇게 비워낸 후 다시 새로운 것을 담는 것이다.

당신의 결핍에게

최근 많이 보이는 글귀가 있었습니다. '잘 살아라, 그게 최고의 복수다'라는 글귀였지요. 이 글귀는 에세이 책의 제목으로 쓰이기도 하였고 많은 이들이 적지 않은 공감을 하였습니다. 누구나 종종 겪었던 경험이었으니까요. 타인에게 상처받고 무너져 내렸던 감정, 이를 악물고 보란 듯이 떳떳하게 살아가리라 되뇌던 다짐, 문득 그런 설움과 울분이 떠오릅니다.

저 또한 그런 경험이 있었습니다. 이따금 분통스러웠지만 때론 원동력이 되기도 하였습니다. 때론 증오 뒤섞인 결핍도 하나의 자원이 되었습니다.

하지만 저는 문득 무거운 의문이 들기도 합니다. 나에게 상처를 주었던 사람에게 하는 최고의 복수는 잘 사는 것, 보란 듯이 사는 것, 망가지고 무너지지 않는 것도 있겠지만, 어떤 복수심에만 불타올라 자신을 가꾸어 나가는 것이 필히 건강해 보이지만은 않아 보였으니까요.

설령 복수를 성공적으로 끝마쳤다 할지라도, 정말 행복해질까 의문이 드는 것입니다. 우리를 온전히 지켜주는 힘은 처절한 복수 그 너머 어디에 있을지도 모르겠습니다.

하여 더욱 소중한 것이 무엇일까 생각합니다. 어쩌면 쓸데없이 감정을 낭비했던 그때 그 사람들은 내게 정말 아무것도 아니었다는 '마음의 자립'이 아닐까 생각합니다.

비록 참을 수 없는 나의 보잘것없음도 가감 없이 받아들이는 것. 서툴고 부족했던 나를 이해하는 것. 이해할 수 없는 대상을 이해할 수 없는 것으로 그저 내버려 두는 것. 나에게 결핍을 안겨주었던 대상을 사유하는 것조차 사치인 만큼 나는 소중하다고, 그렇게 마음의 근육을 키우는 것이 더욱 소중하다고 느낍니다. 결국 나에게 상처를 입힐 사람은 언젠가 또다시 나타날 것입니다. 그때마다 스스로를 괴롭힐 수도 없는 노릇이니까요.

우리는 삶을 살아가며 무수히 많은 무례와 폭력을 만날 것입니다. 이따금 속수무책으로 당하기도 할 것입니다. 함께 공존하는 수많은 타인에게서 말입니다. 명확한 통증이 아니라고 하여 아프지 않은 건 아닐 것입니다. 그러니 당신에게 상처 주지 않을 사람을 기다리고 기대하는 것보다, 나 스스로 먼저 마음에 단단한 갑옷을 두르는 편이 훨씬 더 수월할 거라는 말입니다.

일시적인 위안과 근본적인 해결은 엄연히 다를 것입니다. 나는 당신이 무작정 결핍을 이겨내려 병적으로 열심히 살아가지는 않았으면 좋겠습니다. 복수 끝에 남는 것은 공허함과 허무함이 전부입니다. 그때면 다시금 복수심을 원동력으로 삼을지 모르는 일입니다. 처절한 일이지요.

그러니 당신만이 주체가 되는 삶을 살았으면 좋겠습니다. 아무것도 아닌 일에 너무 매달리지 말고, 귀한 당신을 낡아 빠진 대상에 소비하지도 않았으면 좋겠습니다. 당신에게 아픔을 남겼던 그들에게 골머리를 앓는 것보다, 당신의 삶은 가치 있는 것입니다.

당신 마음의 안목을 믿고
당신만의 우아함을 잃지 않기를 바라며.

갈등

혹시 당신은 회피를 하셨나요, 도피를 하셨나요.
문제를 잠시 제쳐두고 자기 자신을 찾으셨나요.
자신도 잃고 문제도 잊으셨나요.

우리는 사랑을 하고 갈등을 겪는다. 사랑을 하기에 비로소 갈등도 따라붙는 것, 사랑 없는 갈등은 없을 거라 믿는다. 그저 미워하는 게 아니라면. 그저 전쟁을 벌이고자 하는 게 아니라면 말이다.

갈등을 해결하는 방법은 여러 가지가 있다. 애써 불편함을 무릅쓰고 대화를 시도하기도 하고 터져 나온 감정을 추스르기 위해 잠시 자리를 피하기도 한다. 뭐가 됐든 갈등 도중의 감정을 단번에 꺾어버릴 수는 없다. 관계에서 갈등은 끊임없을 것이다. 서로를 잃어버리지 않기 위해서.

예전부터 나는 갈등에 놓였을 때 회피적 성향이 다분했다. 회피를 했던 이유는 어떤 문제가 발생함을 제쳐두고 고작 그 상황에 놓인 내가 감당이 안 되어 그랬을 것이다. 이기적이라 하자면 이기적이었다. 서로가 조금씩 쌓아간 감정의 계단에서 홀로 한발 물러났던 꼴이었으니까.

차마 말하지 못했지만 그건 회피의 탈은 쓴 도피였다. 용기내지 못한 채 도망치기에만 급급했던 것도, 다른 건 생각조차 하지 못할 정도로 선택의 폭이 좁았던 것도, 모두 나였다. 나는 너무 나약했다. 문제가 해결이 되든 안 되든 그런 건 별로 중요하지 않았다. 나약한 사람이 안정된 상태를 찾는 것이란, 갈등의 해결보다도 더 벅찬 일이었다. 그리고 거기서 만족한다. 그걸로 나약의 끝을 달렸다.

고조된 분위기에서 잠시 도망쳐 나오니 안정된 상태가 된다. 그토록 평온한 나를 버리고 다시 문제로 뛰어들 만큼, 나는 남자답지 못했었나 보다. 버려두면, 알아서 사라지곤 했었으니까.

그러나 결코 알아서 사라지는 문제는 없을 것이다. 엎질러진 '감정'은 사라질지라도 갈등을 일으킨 '문제'는 절대 소멸되지 않는다. 그저 자신의 평온을 위해 피하기만 하는 것은 스스로를 좀먹는 행위다.

회피란 감정의 영역에서 한 발 물러나 이성을 되찾고 한결 현명하게 문제를 해결하고자 하는 것. 그저 자신의 안정을 위하여 회피를 선택한다면 곤란하다. 남아있는 문제를 허공에 날아가도록 놔둔다면 분명 언젠가 다시 떨어진다. 그땐 흩날린 먼지를 쓸어 담는 것 또한 당신의 몫이 될지도 모른다.

피해서 괜찮은 문제는 있지만 해결되는 문제는 없다. 물론 해결하지 않아도 그만인 문제라면 상관이 없겠지만 우리는 혼자만의 문제를 가지고 살아가기도 벅차다. 그 누구도 엎친 데 덮치고 싶지는 않을 테니까.

무엇이 정답이라고 말하는 게 아니다. 잠시 물러나도 괜찮다. 그러나 다시 돌아올 용기가 있어야 한다. 용기 없이 도망치는 것은 그저 도피이며, 도망친 곳에 화창한 하늘은 없다.

빠져나와도 괜찮으니 잠시만 숨을 고르고 다시 문제에 직면

하자. 우리는 그렇게 조금씩 단단해지니까. 나의 억울함만을 토해내기 전에 조금만 천천히 서로를 보자. 분명 함께 걸을 사람이라면. 피해선 안 될 사람이라면.

거절도 인품이다

어떤 무엇보다 당신 마음이 먼저다.

많이 들어봐서 싱겁겠지만, 진짜다.

이런 사람이 있다. 유독 부탁을 잘 들어주고 거절을 못하는 사람. 그러면서도 상대방에게 부탁은커녕 일말의 도움도 청하지 못하는 사람. 조금 불편한 자신보다 상대의 마음을 먼저 생각하는 사람. 나의 아픔을 도리어 내 문제라고까지 치부하는 사람. 타인의 마음을 먼저 걱정하고 따지는 사람이 있다. '나를 미워하면 어쩌나, 나를 안 좋게 생각하면 어떡하나.' 이런저런 생각이 들어 결국 어떤 거절도 하지 못하고 마음에 없는 부탁을 들어주는 사람이 있다.

마음에 없는 부탁을 들어주다 보면 일단 '상황'은 평화롭게 유지된다. 상대에게 미안해하지 않아도 되는 내 마음이 평화롭고, 상대로 하여금 보이는 '내 모습'에 균열이 가지 않는다. 지금껏 쌓아온 이미지에 금이 가지 않을 것이며 결론적으로 괜찮은 관계를 유지할 것이다. 실망감과 서운함이란 단어로부터 멀어질 수 있고, 더없이 처량한 스스로의 원망으로부터 안전할 수 있다. 그러나 상황의 평화와 동시에 챙겨야 하는 것은 '나의 상태'다. 어쩌면 '동시에'가 아니라 그것보다 먼저.

나는 종종 당신이 '기꺼이, 흔쾌히'가 아닌 '어쩔 수 없이' 타인의 부탁을 들어줄까 걱정된다. 거절이란 것을 태어나 평생 해본 일이 없는 사람일까 봐. 미움 받는 게 무섭고 두려워서, 당신 혼자만 아프고 거듭 손해 보며 살까 봐. 그렇게 나보다 타인의 마음을 지레 살피는 사람일까 봐 말이다. 기억해주어라. '흔쾌히'와 '현명히'는 엄연히 다르다.

만약 부탁을 해왔던 상대가 상식적이고 건강한 사람이라면, 자신의 부탁보다 먼저 당신의 상황과 처지를 생각할 것이며 당신이 '거절했다는 이유만으로' 시시비비를 따지지 않을 것이다. 상식적이고 건강한 사람이라면 말이다. 거절을 했다는 이유만으로 당신을 헐뜯거나 날카로운 반응을 보인다면, 그건 그 사람의 문제지 당신의 문제가 아니다. 만일 그것으로 깨질 관계라면 오히려 잘 된 것이다.

진즉에 깨져야 마땅했던 관계는 숨어 있기에 몰랐던 것뿐이다.

관계에서 종종 '나의 마음'과 '타인의 마음'의 경계에 설 때가 나타난다. 많이 들어봐서 싱겁겠지만, 무엇보다 당신의 마음이 먼저다. 당신이 먼저 건강해야 더욱 정성껏 타인을 위해줄 수도 있는 것이다.

나는 그저 당신들이 아프지 않기를 바란다. 언젠가 아프지 않은 사람들이 모여 그렇게 '우리'가 되기를, 힘없는 한 명의 개인으로서 간절히 바랄 뿐이다. 만약 당신이 당신보다 타인의 마음을 먼저 들여다봤다면, 당신의 아름다움을 완전히 잃지는 말아라. 그러나 '거절'도 하나의 인품임을 기억해둬라. 지녀야 할 훌륭한 태도 가운데 하나임을 잊지 말아라.

세상에 '어쩔 수 없는 수락'은 없는 것이다.

부탁을 들어준다는 것은 언제나 선택이고
선택이란 필히 당신의 권리 안에서 존재하는 법이다.

마음이 건강해야
관계도 건강하다.

결국 오래가는 관계

결국 오래가는 관계는 따로 있었다. 관계에서의 진가는 서로의 장점이 빛을 발할 때보다, 서로의 단점을 품어줄 때 나타났다. 물론 장점만 가진 사람도 단점만 가진 사람도 없지만, 수십 가지의 장점이 아무리 출중해도 내 기준에 결코 받아들일 수 없는 치명적 결점 하나가 결국 관계를 무너트리게 되었다.

그러니 관계를 이어갈 때는 매력적이고 근사한 것에만 몰두하기보다 상대의 모난 구석을 내가 어디까지 받아들일 수 있는가를 먼저 살펴야 하지 않을까.

결국 오래가는 관계는 사랑에 사랑을 더한 관계가 아니라, 보이지 않는 상처에 옅은 반창고를 붙여주는 이해의 마음이 아닐까. 그런 생각이 들었다.

당신의 세상이 아름다워질 것입니다

타인에게 인정받기 급급하여

정작 나의 안정을 놓치지는 말 것.

만일 당신이 누군가에게 인정받기를 원한다면, 인정이란 타인이 물어다 주는 선물이 아니라는 것을 아는 것부터가 출발이다.

누구나 칭찬과 인정을 받고 싶어 한다. 어쩌면 사람이 가진 가장 기본적인 본능 중에 하나이지 않을까. 삶이란 화분에 키워야 하는 여러 식물이 있다면 '나를 향한 인정' 또한 분명히 필요할 하나의 거름일 것이다. 삶을 어떻게 살아가든 그것과는 상관없이 그저 살아가는 한 누구나 칭찬과 인정을 먹어야 한다. 인정이 없는 삶이란 흙을 파먹고 사는 것과 비슷하다.

그러나 간혹 타인에게 인정받기에만 급급하여 나의 안정을 놓치는 것 같아 안타깝다. 정작 내가 할 일을 하지 못하고 온통 타인의 관심에만 치우쳐져 있는 상황. 애써 나를 사용하는 온 신경의 이유가 '인정받기 위함'에만 기울어져 있는 것. 타인에게 인정받고 싶은 마음은 당연한 마음이지만 정작 자기 자신을 포기해가면서 인정을 갈구할 이유는 어디에도 없다.

내 모습으로 온전한 일, 내가 믿는 가치를 놓아버리지 않는 것. 어쩌면 그것이 역설적으로 나뿐만 아니라 타인에게도 인정받는 가장 쉬운 길일지도 모른다. 당신만이 가진 것을 자랑스러워하자는 말이다. 어쭙잖게 나를 숨긴 채 인정받는 모양만을 드러내지 말고.

늘 내 삶에 자부심을 가져야 한다. 나부터 먼저 나를 인정해야 비로소 타인의 인정도 건강하게 받아낼 수가 있다. 스스로를 인정하지 못한 사람은 건전지를 넣고 돌리는 장난감 인형과 같다. 누군가 정말 객관적인 사실을 이야기해도 괜스레 겸손해하고 어색해하며 부끄러워한다. 괜히 재수 없어 보이지 않을까 하는 걱정, 이들의 인정이 언젠가 동이 날까 하는 불안까지도 합세를 한다.

나 자신부터가 이미 나를 부족하고 보잘것없다고 생각한다면 타인이 아무리 나에 대한 인정과 사랑을 퍼부어도 내가 그걸 온전히 받아낼 수가 없다. 나는 우리가 완벽한 인형보다, 부족한 '사람'이었으면 좋겠다. 그렇게 행복했으면 더할 나위 없겠다.

누군가의 인정을 받기 전에, 나부터 나를 담을 그릇을 만들어야 한다. 타인이 아무리 풍족한 인정을 주어도 나부터 그것을 받을 준비가 되어있지 않으면, 나를 향한 누군가의 마음은 금세 하늘로 날아가 부서진다. 그것을 받아내는 일은 누구도 대신할 수가 없다.

사람은 잘 주는 것보다 '잘 받는 게' 중요하다고 하였다. 무언가를 잘 받아내기 위해선 그것을 받아낼 충분한 힘과 여유, 그리고 넘치지 않을 그릇이 있어야 하듯. 타인의 마음을 담아내기 위해 자기 자신을 먼저 키워 나가면 좋겠다. 또 반대로 잘 주기 위해서.

역설적이지만 만일 당신이 칭찬과 인정을 '주는' 사람이 된다면 당신의 세상이 지금보다 훨씬 더 아름다워질 거라고 나는 자신한다.

묵묵히 자리를 지키는 사람

세상 모두가 좋아해도

결국 나와 함께 가는 사람은 따로 있다.

내 방에는 수많은 화장품들이 있지만 거기서 내 피부에 맞는 화장품을 결국 찾지 못했다. 그 화장품들은 전부 이렇게 선택했다. “어디서 들었는데 그 제품 좋아. 내가 써 봤는데 그거 괜찮더라.” 누군가의 추천이나 그냥 인기 있는 것을 구매했다. ‘다 좋다고 하니까 나도 좋겠지 뭐’ 하면서.

그래서 속은 것들이 대체 몇 개인지 모른다. 속았다기보다는 나에게 맞지 않았던 것이라 말하는 게 더 정확하다. 다짜고짜 속았다는 말이 튀어나온 까닭은 남들에게도 좋아 보이는 게 나에게도 좋을 거라는 막연한 믿음에서 나온 피해의식이다. 내가 주체가 되어 결정하지 않은 모든 것에는 ‘탓’을 하게 되었다. 사람이 그랬다.

“그래서 지금까지 얼마를 쓴 거야. 그래, 다 그렇게 실패해가며 배우는 거잖아. 너무 아까워하지 말자.”

아까워하지 말자며 나를 다독였지만 마음 한쪽이 시큰거렸다. 화장품 하나도 나에게 맞는 것을 찾기란 그렇게 힘들었다. 어쩌면 사람도 마찬가지가 아닐까. 쉽게 알 수 없고, 다른 사람이 다 괜찮다고 한들 나에게 맞는 사람은 아닐 수 있는 것처럼.

수많은 화장품에서 '얼마'라는 것은, 마치 관계에서 '시간'을 들이는 것이라고 생각했다. 그래서 짧은 기간에 너무 커다랗게 폭발하고 있는 관계를 나는 의심한다. 설마 뾰루지가 나진 않을까, 이어 내 마음의 피부 타입과 맞을까. 사람이 한 사람에게 담기기까지에는 무엇보다 세월이 바탕이 된 의리와 믿음이 깔려야 한다고 생각한다. 사람을 알아가고 관찰하는 그 시간을 우습게 여기다 비참해지곤 한다.

짧은 기간 폭발하는 관계가 편안하기까지 하다면 '운'이 좋은 것이고 복 받은 사람이라고 말할 수 있다. 반대로 달에 20번을 넘게 만나도 마음 한쪽이 불편하다면 아직 무르익지 않은 마음이 관계라는 울타리에서 덧없이 여드름처럼 곪아가고 있을 가능성이 높다.

우린 단번에 서로에게 담길 수 없다. 수학공식처럼 딱 들어맞을 수 없다. 그렇기에 묵묵히 자리를 지키는 오래된 코트 내음이 나는 사람이 다른 어떤 명품보다 귀하다. 나에겐 그렇다. 한 달에 스무 번 만나는 사람보다, 일 년에 열 번 남짓 만나는 사람이 더 믿음직한 사람이다.

어쨌든 그 사람이 그 자리에 있다는 거니까.

이미 끝난 관계에서 허둥대지 않기를

사람의 마음은 노력으로 붙잡아 둘 수 없다.
이미 떠난 사람은 떠나야 하고
당장이라도 떼어낼 사람은 떼어내야 한다.

감히 하나 장담하자면, 지금까지 내가 그 사람에게 바친 노력이 아까워서 명백히 아닌 걸 알면서도 끊어야 할 관계를 끊어내지 못한다면, 당신이 지금껏 겪어낸 것보다 훨씬 더 가혹하고 참담한 일들이 눈앞에 벌어지게 된다.

부디 기억했으면 좋겠다. 사람의 마음은 절대 '혼자만의 노력'으로 붙잡아 둘 수 없다는 것을. 이미 돌아선 마음이 홀로 발버둥 쳐 돌려낼 방법은 없다는 것을. 마음이 돌아섰다는 것의 크기는 사람마다 다르겠지만, 돌아선 그 마음 돌려내느라 들이는 힘과 고통에 비해 당신께 남는 것은 그리 화창하지 않다는 것을.

명백히 아닌 걸 알면서도 관계를 끊어내지 못하는 것에는 일

종의 보상심리가 있는 건 아닐까 생각했다. 지금까지 했던 사랑이나 헌신이 아깝고, 노력과 믿음 그리고 함께한 시간이 아쉬워서. 한때 파릇한 마음을 가졌던 내가 지워지는 것만 같고, 그때의 내가 사라지면 지금의 내가 사라지는 것 같아서. 가끔은 그렇게 말도 안 되는 관계를 질질 끌고서 언젠가 빛 볼 날을 그리는 게 아닐까. 세상에 그보다 가련한 관계가 있을까. 장담컨대 그런 날은 오지 않는다. 또 속아 넘어가는 거라면 모르겠지만.

관계를 단번에 끊어본 적이 없는 사람은 그 행위가 얼마나 많은 이로움을 주는지 알아차리기보다 '나의 남겨짐'을 먼저 자각하게 되는 것 같았다.

그러나 삶은 대부분이 막상 해보면 별것 아닌 일로 구성되어 있다. 내가 상상한 것만큼의 두려운 현실은 생각처럼 눈앞에 벌어지지 않는다. 종종 "나는 이 사람 아니면 안 돼요"라는 말을 하는 사람이 모습이 나는 가엾다. 세상에 끊지 못할 관계 같은 건 없다.

사람을 손절한다는 게 물론 쉬운 일은 아니다. 주저 할 수 있다. 모두 다 주저한다. 어쩌면 수없이 주저하는 과정 또한 커다란 말로 '경험'일 것이다. 세상에 주저하지 말라고, 별거 아니라고 수없이 북돋아 주고 위로를 주는 사람은 많을 것이다. 그러나 정작 한 발을 떼어내야 하는 사람, 쓰라린 용기를 머금어야 하는 사람은 자기 자신이라는 것을 기억했으면 한다.

관계를 싹둑 끊어낸다는 것은 나를 보다 섬세하게 아껴주겠다는 말이다. 결코 혼자가 되는 것도, 불편하고 두려운 것도 아니다. 오히려 자유로운 것이고 새로운 인연을 맞이할 수 있는 유일한 발판인 셈이다.

타인을 위한 거름이 되어주지 말고
누구보다 당신을 위해 꽃을 피웠으면 한다.

당신에게 지금껏 비가 내렸다면
이제 꽃이 필 차례다.

억지로 나를 바꾸지 말 것

한때 마냥 친구가 많았으면 좋겠다고 생각했을 때가 있었다. 어렸을 때다. 당시만 해도 '인기'라는 단어는 내 모든 세상을 지배하고 있었다.

중학생 시절. 어떻게 하면 인기가 많아질 수 있을까, 어떻게 하면 친구가 많아질 수 있을까를 연구하는 건 내 지배적인 과제였다. 외로웠던 나는 잠시나마도 나를 좋아할 수 없었다. 그때의 나는 그만한 힘이 없었다. 그해 나는, 친구를 많이 사귀는 것 하나만이 삶 그 자체였다. 친구들이 많으면, 행복할 줄 알았다.

내가 자란 시골 동네는 거친 곳이었다. 전혀 아이답지 못한 아이들은 못된 짓을 일찍 배운다. 어른이 하는 행위를 갈망하는 것이 보편화되어 있다. 술과 담배는 이른바 '인기'의 척도였다. 학교에서 5분정도 걸으면 게임장이 하나 있고 게임장의 뒷골목에는 저속한 삼류 유흥가가 있다. 15살의 아이들은 주차장의 돌담에 앉아 담배를 태운다.

지금 생각해 보면 모두 다 가정 형편이 녹록치 않음에서 비롯된 비극이었다. 안타깝게도 못 사는 동네인 만큼 배경이 어려운 삶이 많았다. 이혼 가정이 열에 한 명은 되는 꼴이었으니까. 통제가 없고 자유로웠기에 질풍노도의 시기는 더욱 진했다. 학교에 적응 못 하고 놀러 다니는 아이들이 과반수였다. 그 반열에 끼고 싶었다. 그건 내 생에 가장 가련한 결심이다.

나는 공부만 했던 범생이었다. 중학교 1학년까지는 그랬다. 세상만사에 대해 아무것도 모르고 그저 교과서만 보던 그런 사람. 당연하게도 친구가 없었다. 초등학생 때도 줄곧 혼자였다. 친구라는 존재를 중학교 2학년이 되어서야 처음 맛봤다. 담배도 그때부터 피우기 시작했다. 우리들은 중학교 3학년이 되던 해, 술과 담배를 아주 당연하게 배웠다. 더 깊게 자주 어울릴 수 있는 꽤 괜찮은 수단이었다.

나는 웃긴 사람이 아니었지만 웃기려 했다. 웃음은 달콤하다. 달콤한 것은 느낌상 행복과 근접했다. 친구들과 어울리고 놀러 다니던 발걸음은 나날을 송두리째 뒤집어 놓았다. 나는 친구를 최대한 많이 곁에 들이기 위해 무엇이든 서슴지 않고 행했다. 가리지 않고 나를 쏟아냈다.

나는 나 자신도 바꿀 만큼 남이 소중했었나 보다.

그것이 나를 해치는 지름길이었다는 것을 그땐 몰랐으니까.

하루는 담배 하나를 피우려 동네 반대편까지 걸었다. 의리라는 말도 안 되는 이유로 스스로를 다독이면서. 담배를 함께 피우려던 친구는 담배가 하나도 없었다. 아주 당연하게도.

드문드문 동네에서 사람들을 사귀었다. 서서히 내 이름이 불리기 시작했다. 시시했던 전화기는 수다스러워졌다. 나는 그게 '인기'인 줄 알았다. 인기는 그 무엇보다 강력한 마약 같아서 도저히 끊을 수가 없었다. 이 즐거움과 행복을 뒤로하고 공부만 했었던 몇 년 전으로 절대 돌아가고 싶지 않았다. 그곳은 끔찍한 지옥이었다. 얼굴이 없는 삶이었다. 그와 동시에 다른 의미에 얼굴 없는 삶이 시작되는 줄은 꿈에도 몰랐겠지만.

시간이 조금 흘러 나는 고등학생이 됐다. 아주 당연하게도 그때 그 사람들은 내게 한 명도 남아있지 않았다. 당시에는 그저 피해의식으로 절망해 있던 나였다. 내가 더 매력적인 사람이 아니었던 탓이라고.

뭐가 문제였을까. 그렇다. 나에게 확신 없던 행위들. 친구가 없었던 모든 이유는 모두 내가 이상해서였다는 처절한 결론으로 스스로 바꾼 나였다. 나를 억지로 바꿔서라도 맺은 관계에서 나는 얼음에서 핀 꽃이 있을 거라고 믿었다. 그러나 나는 결코 마음으로 사람을 만나지 못했다.

마음은 그저 따라오는 건 줄 알았는데 그런 마음은 없었다.

사람을 오래 만난다고 해서 마음도 오래가는 건 아니었다. 사람을 많이 만난다고 해서 마음이 많아지는 것도 아니었다. 결정적으로 온전한 내가 없는 관계는 언젠가 툭 하고 끊어지게 되어 있었다. 오만 가지 이유를 대면서.

나를 바꿔가면서까지 억지로 생성하는 관계에서 있는 그대로의 나를 보는 마음은 없다. 굳이 나를 바꿔가며 내게 들이는 사람은 아무런 의미가 없는 인간관계이다. 있는 그대로의 내 모습을 존중하는 사람 '단 한 명'만 있어도, 나는 충분히 따듯할 수 있었다. 사람이 많다고 해서 결코 행복해지지 않는다는 것을, 나는 너무 늦게 깨달았다. 수없이 걷고 부딪히고 다치고 난 뒤에 비로소 알았다. 그 사실이 밉지는 않다. 어찌 됐든 알게 된 거니까.

나는 이제 관계에 질질 끌려 다니지 않는다. 관계는 꼭 파도와 같아서 밀려오고 떠나가는 것이 당연한 것이다. 그래도 끝내 모래사장에 남을 사람은 남게 되어 있다. 잡을 수 없는 관계를 아무리 끌어당겨봤자 사람은 절대 오지 않는다. 파도를 이길 수는 없다. 그저 파도에 밀려다니다가 해변에 남는 사람을 사랑하면 된다. 그리고 누구보다 나를 제일 먼저 아껴주면서.

한 점 다른 시각으로

그림 감상하는 걸 좋아한다. 그림에 '그' 자도 모르는 사람이긴 하지만 그저 바라보고 있는 것만으로도 찰나의 여운을 즐기기에 충분한 것이 그림과 같은 예술이라고 생각한다.

그런데 아직도 도통 이해할 수 없는 그림의 장르가 있다. 거대하고 광활한 백지에 점 하나 찍혀있는 것. 물감을 마구 섞어 붓으로 튕겨낸 그림 같은 것 말이다. 뭘 좀 아는 사람들은 그런 그림을 뚫어져라 보며 상식적으론 설명할 수 없는 무언가를 느끼는 것 같았다. 그들이 부럽기도 하면서 한편으로는 이해할 수 없었다.

그러던 언젠가부터 서서히 시선이 바뀌어 감을 느끼곤 했다. 그림을 보는 시선이 아니라 그림을 감상하는 사람들을 보는 것이 말이다. 여전히 그림을 감상하는 신비로운 감각에 대해선 알 수 없었지만 어떤 시각에서는 그저 한 점 얼룩에 불과한 것이, 어떤 사람의 시각에서는 하나의 작품이 될 수도 있다는 사실이었다.

누군가에겐 별 거 아닌 종이 쪼가리일지라도, 평생을 소장하는 작품이 되기도 한다. 가만히 보고만 있어도 눈물을 흘리는 여운이 되기도 한다.

그러니 타인에게 접속할 때는 늘 조심해야 한다. 나에겐 대수롭지 않게 넘어갈 것이라도, 누군가에겐 한 없이 소중하고 귀한 법이다.

나의 시각에만 사로잡혀 함부로 타인을 규정하지 말자. 여전히 세상에는 이해할 수 없는 것투성이지만, 시각을 달리해 볼 수 있는 것은 무궁무진하게 많다.

허름한 호감보다 당신은 근사하다

생각해보면 나는 타인에게 잘 보이고 싶어 참 많이 애를 쓰고 살았다. 말을 할 때면 하고 싶은 말을 가려서 했고 행동을 할 때면 대체로 튀어 보이는 행동을 하지 않았다. 우선적으로 말을 하기보다 듣기를 지향하였고 곧잘 듣는 사람이 훌륭한 사람이라고 믿었다. 진중한 사람이 기억 깊이 자리한다는 사실을 알았을 때는 가만히 있으면 중간은 간다는 말을 습관처럼 뱉었다. 침묵은 금이란 걸 알았을 때는 쓸데없이 많은 걸 조심하려 했다.

뭐 그것이 삶을 사는데 썩 무용한 자세는 아니었다. 문제는 따로 있었다. 왜 말보다 귀가 더 소중한지, 본질의 의미와 마음의 작용 따위는 간과한 채 그저 막연히 가벼운 사람만이 되기 싫었던 탓이었다. 어떤 행위를 함으로써 나 스스로 온전함을 느끼는 것이 아니라, 타인의 호감을 얻기에만 급급했던 것이다.

행위를 하는 것에 주체가 내가 아닌 타인에게 가 있을 때. 마음에는 자꾸만 빗물이 고였다. 그리고 생각보다 많은 게 낡아 있었다. 언제부터였을까. 타인의 호감은커녕 그 무엇도 손에 줄 수 없었을 때가.

서서히 정신이 허름해져 나날이 엉망이 되었을 때, 나는 무엇을 위해 호감을 얻으려 했고 무엇을 위해 부족해 보이고 싶지 않아 했을까. 그저 사랑을 받고 싶었던 걸까. 그리 덧없는 사랑을 받고 싶을 만큼, 나를 가난하게 했던 건 도대체 뭐였던 걸까.

나는 내가 아닌 다른 무엇이 되고 싶었나 보다. 그것들이 가진 의미도 모른 채 어쨌든 괜찮아 보이니까, 행복하기라도 할 줄 알았나 보다.

타인에게 잘 보이고 싶고, 좋게 보이고 싶은 마음. 내가 어떤 사람인지 알아줬으면 하는 마음이 있다. 우리는 종종 타인의 호감을 얻으려 많은 것을 억누르고 버리곤 한다. 간혹 자기 자신까지도 버린다. 그렇게 타인의 호감을 사려 힘을 쓰면 쓸수록, 자신은 조금씩 허름해지게 된다. 내가 나 자신으로 온전하기 위해 세상에 이로운 것을 습득하는 것과 타인의 호감을 사기 위하여 내 가치를 올리는 것은 엄연히 다른 문제다.

물론 사람은 누구나 자신을 포장해가며 살아간다. 안타깝게도 있는 그대로의 나를 내보이고, 있는 그대로의 나로서 환영받기란 거의 불가능한 일이니까. 그러니 포장을 해야 한다. 이왕이면 근사하게. 상처를 덜 받기 위해서. 괴로움으로부터 손쉽게 분리되기 위해서.

하지만 세상에 모두가 마음에 들어 하는 포장지 같은 건 없다는 것을 알아야 한다. 내가 마음에 들어 하는 것이 무조건 상대방의 호감을 쟁취한다고 믿는다면 혼란에 처할 수 있다. 나를 가꾸어 나감에 있어 타인의 관점을 의식할 때, 반드시 나의 목적이 이루어져야 한다는 그 어떤 이유도 없다는 것을 알아야 한다.

나의 근사함과 상대방의 기준은 철저히 분리되는 것이다. 내가 나는 바꿀 수 있어도, 타인의 생각은 못 바꾼다.

한때 나는 내 영역 밖의 것을 쟁취하고자 많은 괴로움을 겪곤 했다. '지금 내가 가진 소중한 것들을 간과한 채, 새로운 것을 찾아 나서며 나를 괴롭히는 것.' 어쩌면 이것보다 스스로를 비참하게 만드는 일은 없을 거다. 그러니 자신의 부족함을 인정하자. 누구보다 나를 위해 말이다. 그리고 지금 내가 가진 소중한 것들을 생각하자. 지금 내가 가진 것들을 면밀히 들여다보고, 어제의 나보다 더 사랑해주자.

여전히 나를 사랑하는 일은 어렵다. 나보다는, 타인에게 사랑받는다고 느끼는 것이 훨씬 수월하고 쉬운 것이 사실이다. 그러나 본연의 나를 지워가면서까지 사랑을 받으려 할 필요는 없다. 스스로 지워버린 나를 '언젠가 나타날 누군가의 사랑이 모두 메워 줄 것이라고 믿는 것'보다 참혹한 믿음은 없다. 내가 나를 마음에 들어 하지 않을 때, 나를 좋아해 주는 사람은 누구도 없을 것이다.

허름한 인기가 많은 사람보다,
있는 그대로의 당신이 더 근사하다.

정말. 정말이다.

마음에 온기를 불어주는 것

우린 종종 착각한다. 나에게 잘 맞춰주는 사람은 '원래' 그런 사람이라 가능한 거라고. 천생연분인 운명의 짝을 만난 거라고. 우리는 애초에 타고난 성정이 다르니까, 나는 내 멋대로 감정 기복을 풍기고 기대고 치대는 것을 합리화하기도 한다. 결국 우린 제법 그럴싸한 융화가 될 거라고. 내가 어떤 파도를 쳐도 결국 우린 모래사장에서 만날 거라고. 그러니 나는 나대로 가끔은 상대방을 막 대해도 괜찮을 거라고 착각한다.

그런데 말이다. 마음의 크기가 다른 사람은 애초에 없다. 그 사실은 대단한 운명론이나 선물 같은 인연 덕이 아니다. 그만큼이나 스스로를 버리고 절제할 만큼 그저 당신을 사랑한다는 것. 단지 그것뿐이다.

마음 하나가 부족하면 채워주고. 덤벙대면 차분하며 화가 나면 다정으로 받아주는 그런 사람에게, 내 어리광을 덕지덕지 바르던 적은 없었을까. 그건 결코 마음의 결이 다른 당연함이 아닐 것이다. 다만 그만큼이나 당신이 소중하기에 하고 싶은 말도 피어오르는 감정도 모두 다 내려놓는 것이다. 오롯이 당신의 높이에 한없이 자세를 낮추는 것이다. 그 마음을 종종 자각했으면 좋겠다. 누군가에겐 한없이 드센 사람일지라도, 오직 당신에겐 끝없이 맞춰주는 결코 가볍지 않은 그 마음을.

혹시 그런 사람을 익숙함이란 울타리에 가둬둔 것은 아닐까, 어쩌면 당연히 그만큼의 애정을 누려야 한다고 착각하는 것은 아닐까. 나는 종종 걱정이 된다. 당신이 익숙함에 방심해 너무 커다란 행운을 놓치게 될까 봐. 부디 기억했으면 한다. 당신에게 아무런 대가 없이 찾아온 마음은 모두 한순간 제 발로 떠나갈 수도 있다는 것을. 그제서 뒤돌아봤자 이미 떠난 마음은 절대 되돌릴 수 없다는 것을. 식은 마음에 부채질을 해봤자, 날리는 것은 타고 남은 재 밖에 없다는 사실을.

그러니 가끔은 당신을 향해있는 은은하고 잠잠한 마음에 온기를 불어도 주자. 그토록 당신은 사랑받아 마땅할 만큼, 받을 마음을 고스란히 돌려주는 따스한 아름다움이기도 하니까. 그토록 근사한 마음을 홀로 누리고 꿀꺽 삼켜버리는 당신이 아닐 테니까.

타인의 마음에 온기를 불어넣는 것은, 당신을 당신으로 사랑받게 하는 것.

단연코 손댈 수 없는 따뜻함이다.

표현으로 우린 아름다우니까

조금 부끄럽지만 '고마워, 미안해, 사랑해' 같은 말과 친숙할 필요가 있어 보인다.

삶은 반으로 나눠 오갈 수 있는 차원의 통로가 있다면

그곳을 지나는 암호가 저것들은 아닐까 해서.

우린 '표현'이란 것을 낯설어했다. 안타까웠다. 마음의 소리를 내보이는 것을 부끄러워했다. 때론 감추기도 하고, 감추는 듯 어설프게 드러내기도 한다. 때로는 "말 안 해도 다 알겠지 뭐, 우리가 얼마나 가까운 사이인데?"라는 말을 습관처럼 삼았다. 때로는 모든 나를 핑계에 집어넣은 채 서서히 잊어가는 건 아닐까. 혹시 안 하는 게 아니라 못하는 건 아닐까. 정말 말 안 해도 다 아는 마음이 있을까? 어쩌면 우리는 가까운 사이일수록 더욱 무심할지도 모르겠다.

하지만 어떤 이유에서건, 유보한 말은 죽는다.

표현도 연습이 필요하다. 표현을 어려워하기 시작하면 서서히 표현의 방식조차도 잊히고 모든 표현의 방식을 그저 '진지한 분위기'라는 특이한 것으로 취급하게 될지도 모르는 일이다. 표현이란 마음이 전달될 수 있는 거의 유일한 통로 같은 것. 온 힘을 다해 내가 얼마나 상대방을 사유하고 있는지, 이해하고 있는지, 이해하려고 하는지 전달하는 것. 가장 흔하고 흔해서 곧 귀한 것이다.

우리는 왜 표현이란 것에 인색할까. 물론 성격의 차이도 있고 살아온 삶의 습관에 따라 모두 다르겠지만. 사실은 굳이 표현을 하며 살아가지 않아도 사는데 별다른 지장이 없어서 그렇다. 표현을 안 한다고 해서 가까웠던 사이가 멀어지는 것도 아니고, 멀쩡했던 관계가 어긋나는 것도 아니니까.

하루는 스치는 영상 하나를 보았다. 한 아버지의 고민을 담은 영상이었다. 아버지는 가족을 위해 열심히 일하고 돈을 벌었다. 그저 가족의 부양과 평화를 위해 열심히 세상과 싸웠다. 집으로 오면 피곤한 몸을 가누며 저녁을 먹은 후 잠에 들기 급했다. 아이들과 함께 했던 사람은 대부분 어머니인 듯했다.

아이들은 그런 아버지의 존재를 알고 있었다. 아버지의 노동과 헌신으로 우리가 키워졌다는 것을. 그런데 정작 아버지라는 사람은 몰랐다. 아버지는 그저 어색한 존재, 돈만 버는 존재, 가끔씩 함께 밥을 먹을 때면 입술이 움찔 거리는 불편한 사람일 뿐이었다.

왜 그렇게 됐을까. 어쩌면 아버지 세대의 사랑 표현은 '돈'이었던 게 아니었을까. 무작정 '돈'보다는 자식을 굶기지 않고 먹여 살리겠다는 '책임감, 의무, 그리고 의지'가 아버지 세대의 표현방식으로 자리를 잡은 게 아니었을까.

아버지는 가슴을 쓸며 마음을 다독였다. 자식들은 아버지를 슬금슬금 피했다. 여전했다. 아버지가 할 수 있는 표현은 한정되어 있었다. 자식은 말했다. "굳이 말 안 해도 다 알아. 아버지는 우리를 사랑한다는 걸." 그러면서도 표정 한편이 허전하다. 흔한 '어느 우리 집'의 풍경이 아닐까 생각했다.

딱딱했던 관계를 부드럽게 만드는 것은 무엇보다 표현이다. 행동과 물질만으로 하는 것이 아닌 목소리를 내어 마음을 전하는 표현 말이다.

어쩌면 우리는 대부분 아버지 세대를 이어 행동과 물질의 표현을 향해서만 열심히 달려가는 건 아닐까. 부모처럼, 그게 맞다고 생각하면서. 그렇게 점점 우린 '말의 표현'을 잊어가게 되는 건 아닐까.

그들이 틀렸다는 말이 아니다. 그들이 우리에게 주고자 했던 사랑에는 아무런 변함이 없다. 사실 우리 아버지 세대의 사람들은 어쩌면 가장 따스하게 안아주어야 하는 빈곤한 시대의 피해자일 거다.

시대는 변해가지만 완벽히 뒤집어지지는 않는다. 종종 이어져 내려오는 시대의 향수가 남는다. 그것이 어쩌면 '말 표현의 부재'라고 생각한다. 나는 다른 무엇보다도 우리 마음에 가장 깊숙하고 오래도록 은은히 남는 것은 '소리가 있는 말의 표현'이라고 믿는다.

딱딱했던 관계를 한결 부드럽게 만들기 위한다면 '고마워, 사랑해, 미안해, 괜찮아, 힘들었지?' 같은 말과 친숙해질 필요가 있지 않을까. 조금씩 하다 보면 그리 대단한 것도 아니다. 표현도 곧 습관이기 때문에 어느 날 문득 자연스레 몸에 익는 거니까. 다만 스스로를 '부끄럼'이나 '소심함' 같은 단어 안에 집어넣지 않는다면 좋겠다. 어쩌면 제2의 삶이 눈앞에 펼쳐질 테니까.

기꺼이 따듯한 표현을 함으로써
사람은, 한 사람을 세상 누구보다 귀하게 만들 수 있다.

강하다는 건, 자유롭다는 것

사태가 터진다. 그때 한 사람은 자신의 감정과 충동을 제어하거나 다스리지 못해 한다. 그들은 폭주족처럼 마음껏 달린다. 그들은 자신이 벌려놓은 광경을 뒤늦게 보곤 나는 '원래' 이런 사람이라며 정당화하기도 한다. 고작 이 정도의 인격으로 자라난 자신이 이해받기를 바라며 그에 마땅한 책임을 피하려고 하는 간사한 속셈까지도 지녔다.

반면 다른 한쪽은 느껴지는 모든 괴로움을 자신의 마음 안으로 욱여넣고서, 언제 폭발할지도 모르는 시한폭탄을 만들며 살아간다. 그들은 웬만한 일에 잘 반응하지 않고 감정에 기복이 적으나, 선을 넘었다고 인식한 어떤 일에는 '망설임' 없이 자신의 모든 것을 분출하기도 한다.

그토록 세상에는 '늘' 참는 사람과 참지 못하는 사람이 있었다. 사람이 '한결같다'는 건, 어쩌면 가장 위태롭고 위험한 상태일지도 모른다. 때로는 자기감정을 솔직하게 바깥으로 꺼내보기도 해야 하며, 누군가의 어리광을 넓고 둔한 가슴으로 품어내는 담백함이 필요할 것이다.

한쪽으로 기울어져 있는 모든 것은 결국 문제가 된다.

그 중간 어딘가를 자유롭게 넘나들며 사는 우리가 많아지길 바란다.

혼자라서 괜찮다

혼자가 편했지만 때론 공허했던 적이 많았다.

그러나 혼자라는 것은 한 발자국 떨어져
나의 주변에 감사할 수 있는 가장 좋은 상태이기도 하다.

혼자일 때 가장 편안한 순간은
혼자 있어도 혼자가 아니라고 느낄 때이다.

이를테면 집으로 갈 적에 전화할 사람이 있다는 것.
아무렇지 않게 안무 물을 사람이 있다는 것.
몇 발자국 더 걸으면 얼굴 볼만한 사람이 있다는 것.
오늘의 하루를 시시콜콜하게 나눌 수 있다는 것.

우리는 대부분 홀로이지만
결코 외톨이는 아니다.

그렇게 우린 보이지 않는 곳에서
서로를 보듬어 줄 테니까

4장

익숙함을 낯설게 바라볼 때 행복은 시작된다

하루는 그저 앉아 창밖을 본다.

따분했던 장면은 괜스레 나쁘지 않다.

한발 물러서서 보는 것

지루하다는 건
걱정이 없다는 것.

외롭다는 건
자유롭다는 것.

무탈하다는 건
행복하다는 것.

바다 가고 싶다는 건
요즘 답답하다는 것.

사라지고 싶다는 건
애정이 필요하다는 것.

'살아낸다'는 말에 별안간 울컥했다면

요즘 많이 힘들다는 것.

존재해 주어서 고맙다는 말에
사뭇 복받쳤다면
당신을 사랑하고 싶다는 것.

매순간

만일 오늘이
언젠가 그리워할 오늘이라면,
세월이 묻은 어느 날
추억을 뒤적거릴 때
나타날 하나의 모습이라면,

입가의 옅은 미소가 번질 수 있게
매순간 진심과 최선을 다하는
당신과 내가 되기를.

그런 바람

바람을 좋아한다. 이따금 아무것도 아닌 것에서 다시금 기운을 차릴 때가 있는데, 그 대표적인 것이 내겐 바람을 쐬는 것이다. 바람은 날마다 다르게 불어오고 몽실몽실한 여운을 남겼다. 바람은 여러 냄새로 구분되고 수많은 결로 나뉜다. 색색의 바람은 메마른 걸음의 이유가 되어 준다.

바람은 가령 씁쓸하고 서늘하면서 시원하고 상쾌하다. 때때로 바람은 칼처럼 날카롭다. 옛 생각이 나던 그날 저녁에도 바람이 불었다. 살짝 열어둔 창문 틈으로 비집고 들어온 바람에 나는 잠시 무섭기도 했다. 그 바람은 문틈 사이로 우는 듯했다.

바람은 누구에게나 공평하게 불어온다. 바람은 누구에게나 동등했고, 동등한 듯하면서도 다른 얼굴을 하고 있었다. 하루는 그저 앉아 창밖을 본다. 먼지처럼 쾌쾌한 생각들에 간지러운 머리통은 답답했다. 그 순간 내가 할 수 있는 일은 고작 창밖을 바라보는 게 전부였다.

괜스레 바람이 커튼을 살랑거렸다. 이상했다. 생각해 보면 별것 아닌 바람에도 행복한 순간이 있었으니까. 그래 우리는 그런 바람을 느끼기도 하였다. 온 세상 사람에게 부는 바람이 새삼 다르게 느껴지는 아린 살결을 지녔던 적이 있었다. 우리는 어쩌면 한낱 바람에게도 위로를 받고 있나 보다.

아무것도 아닌 것에도 우리는 기운을 얻는다. 아무런 조건 없이 그저 고요할 수 있는 힘이 건너온다. 얼굴을 어루만지는 바람은 주름진 누군가의 손길처럼 폭신했다. 어느 날 사람의 말이 아무런 위로가 되지 않던 초라한 저녁에도 바람은 불었다. 문득 사람보다 귀한 바람이 분다.

머리카락

바람이 거센 날에는 머리칼에 정성을 쏟지 않는다. 결국 막을 수 없는 바람에 흩날려 그간 들였던 사치가 일순 덧없어질 거니까.

어느 스님이 말하기를 머리카락은 욕망의 상징이라고 하였다. 얼추 그런 듯싶었다. 군인이나 종교인에게 두발 규제를 두는 이유가 그런 이유일 것이다. 타인에게는 가장 손쉽게 잘 보일 수 있고, 나에게 제일 먼저 만족할 수 있는 것은 언제나 머리카락이었다. 그런 기본적 수단조차 어쩔 수 없는 하루가 종종 있는 것이다.

그런 날에 나는 조금 천천히 걷는다. 이미 포기해버려 편해졌으니 차라리 내 모습에 무책임해져도 썩 괜찮은 날이다. 어쩌면 삶에 그런 날이 조금 많아져도 괜찮을 것 같다. 굳이 모든 장면을 만족스럽게 남기려 하지 않아도, 모든 하루를 다 기억하려 애쓰지 않아도 좋을 것 같다. 평소보다 조금은 못생겨지고 늘 비슷한 모습과는 사뭇 달라도, 마음에는 오히려 편안함이 몰려왔다.

눈에 보이는 모든 도로 위에서 노래를 흥얼거렸다. 결국 아름다운 억겁을 바라며 사는 것, 그게 다인 삶이기에 가끔은 이런 하루가 좋다.

설레발

바람에 봄 냄새가 난다고 설레발치는 사람이 있었다. 그 말에 새삼 아팠다. 이제 곧 봄은 만신창이가 될 거고, 입에선 단내가 펄펄 나기 시작할 텐데. 사라지는 게 더 익숙한 세상에서 어찌 저런 낭만을 품고 산다는 걸까. 어쩔 수 없이 우리는 비극을 짊어질 것인데. 의아했지만 부디 그 사람의 설레발이 은은하기를 바랐다. 불편한 진실 속에서도 낙천적일 수 있는 자세가 문득 간절히 필요했다.

어쩌면 사계절 내내 마음만은 봄인 사람도 있을까. 어쩌다 아픈 말을 들었는데, 마음 한편에서 무언가 피고 지고 있었다.

그 사람의 말은 설레발이 아니었다.

(인생은 99프로가 비극이래요. 마지막도 결국 비극이죠. 우린 다 죽으니까. 더럽게 누울 거니까. 그럼에도 우리가 사는 이유는 뭐예요? 가끔씩 오는 행복이나 즐거움을 느끼면서. 빛을 보면서 사는 거죠. 어떻게든 이 행복을 잃지 않으려 안간힘을 쓰면서.)

쉼터

종종 고민을 나누다 보면
현실적 조언과 감정적 위로의 간극에서
충돌하는 경우가 왕왕 있었다.

때로는 그 말 앞에서 물러났더니
우리만의 안락한 쉼터가 만들어지기도 했다.

그때에 우리 거리는
온통 봄이었다.

노란 가로등 불빛

원체 느리고 미련 맞은 사람인지라, 무언가 하나를 보내는 것에 늘 오래 걸렸다. 하루에 몇 번씩 약속처럼 만나던 사람과 헤어져야 할 때는 매번 서로의 그림자가 사라질 때까지 연거푸 손을 흔들어댔다. 횡단보도가 초록불로 바뀌고 맞은편 나무 귀퉁이를 지나는 어깨가 사라질 때까지였다.

사람이 사라지고 내려앉은 검은 하늘이 버거워 멍하니 바라보곤 하였다. 그리고 돌아가는 시멘트 바닥 위로 부는 바람은 얼마나 쓸쓸했던지, 폭풍처럼 휘몰아치는 노란 가로등 빛은 나를 짓눌렀다. 그것들을 나는 더욱 다채롭게 받아냈어야 조금이라도 덜 휘청이던 사람이 되었던 걸까. 그해 나는 집으로 참 무심하게 걸어야 했을까. 나는 아직도 잘 모른다.

이별은 아팠지만, 그런 날이 쌓이자 지금은 누구라 하여도 미련 없이 잘 헤어지게 되었다. 언제가 될지도 모를 만남을 어설프게 기약하고서 곧잘 등을 보이는 사람이 되었다. 언젠가 남겨지는 것에 익숙해진 탓일까, 씩씩해진 꼴일까, 노란 가로등

불빛과 친근해진 걸까 모르겠지만. 외로움이나 쓸쓸함, 그런 것들도 차차 적응이 되고 어느덧 나라는 사람의 일부가 되어간다.

그건 집으로 돌아가는 길마다, '나'라는 이상한 나라에 온 나를 환영하는 일. 휑한 소리를 음악으로 가리고서 마음을 에우는 일. 표정 없이 미소 짓는 모습이 되는 일.

다만 빛과 그림자가 그곳에 있었고
나는 돌아갈 곳을 향해 갈 뿐이었다.

행복이 시작되는 순간

오랜만에 친구들을 만났다. 술 한잔을 하고 지난 이야기와 다가올 이야기를 한다. 시답잖은 농담도 주고받는다. 그 순간은 지친 나날에 환기를 들게 했다. 무엇보다 행복과 가장 근접한 순간. 삭막했던 일상에 활기가 돋는 순간이었다. 2차로 갔던 노래방에서도, 종종 나눠 피던 담배에도, 짠 하고 부딪히는 술잔의 청아한 소리에서도, 줄곧 행복은 구름처럼 부풀었다.

그러다 보면 시간은 속절없이 흘러 막차가 온다. 가야할 시간이다. 나는 다시 원래의 상태로 돌아간다. 아니, 도리어 더욱 공허해졌다. 지하철에서 술이 다 깼다.

우리는 어쩌면 착각하고 있는지 모른다. 행복이란 곧 '즐거움'이라고. 즐겁고 유쾌하고 재미있는 순간이 곧 행복이라고 말이다. 그러나 즐거움이 깃든 행복이 영원할 수 있을까. 즐거운 일의 뒤축에는 늘 동전의 양면처럼 텅 빈 마음이 따라다닐 수밖에 없다. 허무하고 공허한 마음이 필연적으로 따라붙는 셈이다. 즐거움만을 유일한 행복으로 느끼는 것은, 이내 불행으로 치닫는 출발점이 되기도 한다.

그러니 사실 행복이란 대단히 재미있고 즐거운 순간이 아니라, 그저 불행하지 않은 상태를 말하는 게 아닐까. 불행하지 않았던 온갖 상태가 사실은 행복이었던 게 아닐까. 만남으로 인해 행복하고 없으면 외로워 불행한 게 아닌, 만남의 설렘도 혼자만의 편안함도 함께 존재했던 게 아닐까. 결국 모든 순간은 나름의 행복을 지녔던 게 아니었을까.

즐거움은 즐거운 대로 행복하고, 불행하지 않은 보통의 상태마저도 평온할 수 있는 것. 하나가 존재하고 덜어지는 게 아닌, 하나는 나눠져 둘이 되는 것. 진정한 행복은 그런 거라고 생각했다.

우리, 그런 행복관을 가진다면 어떨까. 나에게 주어진 조건에서도 티끌만큼의 유리함을 찾아가는 시선을 가진다면 어떨까. 그것이 어쩌면 우리를 감히 영원에 가까운 행복으로 사뿐히 나아가게 할 것만 같다.

나는 그대가 그렇게 행복하기를 바란다. 참고 참아서 오랜만에 행복하지 말고, 매일이 꽃으로 가득한 싱그러움이 깃들기를 소망한다. 일상이 별거 아닌 행복으로 닿는 지점은, 생각보다 가까이 있다.

삶에 익숙함을 낯설게 바라보는 순간
행복은 시작될 것이다.

우리 그냥 이대로 1

이유 없이 소심해지고 나도 모르게 위축되는 마음이 있다. 원인을 알 수 없는 부족함에 사로잡혀 절망하는 마음이 있다. 불현듯 어떤 일에도 자신이 없어지고 용기를 잃어버린 자신을 발견할 때. 마음에 중심이 잡히지 않고, 갈팡질팡하는 줏대를 발견할 때가 있다. 흔히들 이럴 때 '자존감이 낮다'고 말했다.

그런데 가끔은 어떤 문제 앞에서도 무작정 '자존감이 낮다'고 결론 내어 버리는 것 같아 적잖이 안타까운 마음이 들었다. 모든 문제와 상황을 그저 '낮은 자존감 탓'이라고 돌려버린다면 상황을 객관적으로 보는 눈을 상실하게 될 확률이 높다. 나의 내면에 집중하느라 에너지를 다 써버린 탓에 눈앞에 직접적으로 벌어지는 객관, 현실이 안 보이는 것이다.

나는 지금 자존감이 낮아 지쳐버린 건가, 문제의 근원을 찾지 못해 헤매는 것인가를 먼저 살펴야 한다. 이윽고 나에게 맞는 처방을 내려야 한다. 자존감이란 나를 존중하고 사랑하는 마음이지, 상황이나 감정을 현명하게 해결하는 마음이라고 콕 집어 말할 수는 없을 것이다. 일정 부분 영향을 끼칠 수는 있지만 필히 절대적인 것은 아니다.

자존감이 낮은 이유는 여러 가지가 있겠지만, 그중에 하나는 스스로의 존재를 눈앞의 현실보다 과대하게 설정해 놓은 탓에 있다. 내가 설정해 놓은 나의 모습과 지금 현재의 내가 상충되어 내 모습이 보잘것없게 느껴지는 것이다.

스스로가 설정해놓은 기대 수준은 거대한데 막상 현실 속의 나는 그 모습에 미치지 못하니, 자신을 부족하다 여기고 이내 닦달하게 된다. 얼마 안가 자신을 자학하게 될지도 모르는 일이다. 가끔은 부족한 자신을 너무 몰아세우지 말고 차라리 환상 속의 자신을 조금 덜어내는 게 어떨까. 나를 너무 높은 곳으로 몰아세우지 말자. 나의 등을 떠미는 것은 결국 나밖에 없다.

'지금의 나는 비록 보잘것없지만, 곧 성공해서 행복할 것이다.' 미안한 말이지만 이런 환상에서 빨리 빠져나오는 게 좋다. 언제나 지금 당장의 당신이 행복해야 한다. 당장의 행복을 누리며 지금 이대로 건강해야 한다.

내가 설정한 기대치와 높이를 낮추는 것. 혹은 내가 바라는 가치나 환상을 조금 깨버리고 '지금 당장' 눈앞에 집중하는 것. 십분 안에 웃음 짓는 것을 탐색하는 것. 어쩌면 당신을 아껴주는 것.

그렇게 우리는 조금씩 자신을 사랑하게 될지도 모르겠다.

우리 그냥 이대로 2

스스로가 설정한 기대 수준에 못 미쳐 자존감이 낮아지고 괴로운 까닭 중에 하나는 '비교'다. 비교란 마치 악마의 장난이라고 말할 수 있을 만큼 나도 모르는 무의식에서 스멀스멀 피어오른다. 의식을 두른 우리가 무의식을 캐치해 내는 것은 불가능하다. 어쩌면 우린 무의식이란 회로 안에 필연적으로 자존감이 떨어지게끔 설계되어 있는 것은 아닐까. 그러니 매일 스스로를 검열하고, 돌아보고, 성찰해야 한다. 멈춰 서는 순간 무의식이란 괴물에 잡아먹히게 되니까.

모든 비교의 종착은 열등으로 끝난다. 비교를 멈추는 것은 불가능하기에 열등이 발생하는 것 또한 자연스러운 것이다. 그러니 기왕 어쩔 수 없는 비교와 열등이 가지를 치고 아늑한 허공으로 뻗어나가기 전에. 내 안으로 뿌리를 내리는 게 어떨까. 유일하게 당신을 아껴주는 길은 그것뿐이다.

스스로와 비교하고 그로 인한 열등을 가지게 된다면, 내가 나를 가장 가까이서 잘 볼 수 있고 또 고쳐낼 수 있기에 비교적 괜찮은 승부를 벌일 수 있다.

우린 모두 다른 속도로 걷는다. 타인과 나는 분명히 같은 출발점에 놓여있지 않다는 것을 알아야 한다. 또한 그보다 더 중요한 것은 현재 자신의 속력을 아는 것이다. 보이지 않는 무언가에 열등을 느끼며 스스로를 좀먹는 것만큼 급격한 우울의 지름길은 없다.

열등의 원인은 대부분 욕심에서 온다. 욕심을 내려놓으려면 지금 눈앞의 나를 직면해야 한다. '고개 돌리지 말고 똑똑히' 보아야 한다. 얼핏 보지 말고, 스치듯 보지 말고, 고개 돌리지 말고 똑똑히 지금의 내 모습을 무자비하게 보아야 한다. 그리고 그 다음 할 수 있는 일을 해야 한다. 허황 가득한 눈으로 자신을 애써 속이지 말고.

나는 언제나 당신의 현재를 존중해가면서 건강한 발전을 했으면 좋겠다. 당신이 '지금' 가지고 있는 것을 충분히 누리며 살았으면 좋겠다. 나에게 지금 있는 것으로 행복했으면, 더 많은 것을 바라는 욕심을 조금만 덜어냈으면 좋겠다. 혹시 지금 많이 괴로워하고 있다면.

지금 내가 가지고 있는 것에서 아무런 행복도 만족도 얻지 못한 채 괴로워만 한다면 곧 평생을 불행하게 살게 되는 것과 마찬가지다. 그건 마치 뫼비우스의 띠를 돌고 있는 것이나 똑같은 셈이다. 끝이 날 것 같지만 끝이 안 난다. 이건 진짜다.

우린 꼭 어떤 힘듦이 있은 후에 행복해야 할까. 필히 행복은 고생길을 걸은 뒤에야 나오는 땀방울 같은 걸까. 썩은 노동을 흘려야만 행복을 누릴 자격이 있는 걸까. 그런 자격은 과연 누가 부여한 걸까. 세상일까. 나일까. 타인일까. 모르겠다. 그냥 지금 당장 행복해지자.

당신은 잘난 것도 아니고 부족한 것도 아닌 '그저 당신일 뿐이다.' 당신이 키가 큰 사람 옆에 있으면 작은 사람이 되고, 작은 사람과 걸으면 큰 사람이 되는 것처럼. 당신은 원래 작은 사람도 아니고 큰 사람도 아니라는 말이다. 인식 상 우리가 착각하는 것일 뿐 세상에 '원래 그런 것'은 현저히 적다.

당신도 나도, 마찬가지다. '원래' 못나지 않았고 부족하지 않왔다. 다만 비참해지지 않기 위해 치열히 오늘을 발악하며 살아갈 뿐이다.

지금 당장의 삶에서 만족을 찾고, 맑은 눈으로 자신과 사물을 바라보는 것은 목표를 이루겠다는 의지만큼이나 중요하다. 그것으로 우리는 자존감과 더불어 행복이라는 단어를 조심스레 꺼내게 될지도 모르겠다.

나는 오늘 당장 행복하려 한다. 그대들도 부디 그래주어라.

우리가 행복하기 위해 지독하게 반복해야 하는 것은 그리 대단하고 거대한 게 아니다. 하루에 놓인 나를 만족시키는 것은, 하루 동안 풀어야 할 문제 중 가장 어려운 일임과 동시에 제일 쉬운 일이기도 하니까.

하고 싶은 말이 있다면
먹고 싶은 음식이 있다면
좋아하는 취미가 있다면

사랑하는 용기가 있다면

오늘 하세요,

그냥.

과하지도 모자라지도 않게

뭐든 적당한 걸 좋아합니다. 너무 뜨겁지도 차갑지도 않은 사람. 너무 타오르지도 처지지도 않는 상황. 너무 팽팽하지도 느슨하지도 않은 감정. 너무 엉키지도 늘어지지도 않은 마음처럼. 종종 넘치지도 부족하지도 않은 적당한 무언가가 그리 소중해집니다. 소중해서 더 빨리 사라지는 듯합니다.

언제부턴가 '적당한 것'은 새삼 지루한 존재가 되어버린 것 같았습니다. 잔잔함이란 상태는 희귀한 취급을 받고 사라져 버렸고 더 자극적이고 도발적인 것이 많은 이의 주목을 받았습니다. 이제 우리는, 적당히 살아가는 한 사랑받기 힘들어지기라도 한 걸까요.

적당함이 사라진 세상을 보며 천천히 생각했습니다. 대뜸 찾아온 바이러스의 여파로 인한 거리두기와 함께 우리 마음의 거리도 멀어져 버린 듯합니다. 우리는 예전처럼 자유롭지 못했습니다. 미련 없는 하루를 보내기 힘들어졌습니다. 무엇보다 사람에, 삶에 여유가 희미해졌고, 의미는 덤이었습니다.

사람에게 너무 다가가면 아픈 일이 생겼고, 멀어지면 도리어 외롭기 짝이 없었습니다. 만남의 시간은 짧아졌고, 혼자만의 시간은 배로 늘어났습니다. 혼자라는 단어는 여전히 익숙하지가 않았고, 헤어짐의 아쉬움은 언제 다시 만날지 모르는 섭섭함을 증폭시켰습니다.

이내 우린, 짧은 시간에 더 많은 매력을 발산하고 안간힘을 쓰듯 스스로를 끄집어내는지도 모르겠습니다. 단기간에 유쾌하고 폭발적인 것이 많은 이의 주목을 받기 시작했으니, 더욱 자극적이고 충동적인 것이 우리의 즐길 거리가 된 것 같았습니다.

부쩍 회색빛 도는 관계가 많아짐을 느낍니다. 만남의 시간이 짧아졌기에 사랑이 급급합니다. 천천히 다가가면 멀어질까 두려웠기에 때론 급한 마음을 정리도 안한 채 마구 던집니다. 그리고는 새삼스레 안절부절못해합니다. 그렇게 찰나의 순간에도 더욱 자극적이어야 하는 세상이, 저는 싫습니다.

우리는 이제, 타인과 자주 어울릴 수 없는 고단함을 받아들여야 합니다. 더 외롭고, 더 불편하고, 더 고독하고, 덜 즐겁고, 덜 신바람 나는 삶을 각오해야 합니다. 아픔을 홀로 삼켜야 하는 일은 이제 너무도 자연스러워졌습니다.

그렇습니다. 세상은 전보다 훨씬 더 사나워진다면 몰라도 상냥해지지는 않을 겁니다. 우리는 사람과 어울리며 솟아나는 행복보다, 홀로 살아가며 탐색해야 하는 행복을 더 많이 맛보게 될 것입니다. 그러니 당신은, 당신이 마주하는 수많은 삶의 장면에서 오직 당신이 주체가 되는 연습을 해야 할 것입니다.

혼자가 되는 것은 무참히 외롭고 고독한 것만은 아닐 겁니다. 때때로 혼자가 되는 것은 고요하고 적막한 상태입니다. 저는 고요함의 힘이 무엇보다 강하다고 생각합니다. 고요함은 스스로를 비추는 마음의 거울과 같습니다. 조용하고 평화로운 것, 그저 별 탈 없는 그런 상태 말입니다.

세상은 이제, 차분하고 잔잔한 것 따위는 더없이 지루하고 재미없는 것이라고 쿡쿡 찔러옵니다. 짧게 제한된 시간과 더불어 더욱이 쾌락적이지 않은 것은 이제 쓸모없는 동행이라고.

그러나 저는 가늘고 얇게, 끊기지 않고 이어지는, 우리의 적당함을 사랑합니다.

우리의 적당한 상태는 뜨겁게 타오르지는 않지만 한순간 차게 얼어붙지도 않습니다. 나는 당신의 감정도 마음도 부디 적당했으면 좋겠습니다. 비단 우리가 그렇게 끊기지 않고 이어지기를, 평범하고 무탈하게 계속되기를 소망합니다.

우리 때론 너무 가까운 것들을 놓치고 살고
먼 곳에서 안개 같은 행복을 찾는 게 아닐까.

괜찮습니다

태어나길 무언가에 편안해하지 못하는 사람으로 태어났다. 조급함, 불안함이랄까. 잘 살고 있냐는 물음에는 늘 자신 없는 대답만 튀어나왔다. 막연하고 거대한 세상은 두려웠다. 아니다. 실은 한 인간으로써 사랑받지 못할까 봐 무서웠을 거다. 이렇게라도 열렬히 불안하지 않으면, 그 끝은 홀로 외로울까 봐. 언젠가 친구들 모임에도 나가지 못할 때가 찾아올까 봐. 그런 나도 가끔은 힘들다는 말을 하였다. 염치도 없다.

그런 나를 비웃기라도 하듯 하찮은 밤은 잘도 찾아왔다. 하늘은 곧잘 창백해졌고 이내 밝아졌다. 하늘의 섭리보다 못한 내 마음이 푸석했을까. 그날따라 뒤축에 따라붙는 거뭇한 것이 유난히 짙었다. 삭막한 거리를 걷다 보면 금세 손이 말랐다. 다들 웃고 있는데 나만 볼품없이 울고만 있는 하루가, 주머니에 손을 집어넣어도 갈라지는 피부 같은 것은 누구에게나 오는 듯했다. 하지만 눈물은 사치스럽다. 슬픔이 취미가 되어선 곤란하다.

애잔한 사람들아, 우리는 슬플 자격조차 없구나. 가엾고 가엾은 예민함.

솔직해져 봤다. 사실 나는 그랬다. 가끔은 실질적이고 구체적인 방법이 아니라 '이렇게 살아도 괜찮아'라는 한 마디가 듣고 싶었나 보다. 타인에게도, 스스로의 마음에서라도. 그런 마음의 소리가 퍽퍽한 나를 적셔주기를, 그리고 달래주기를 희망했다. 여전히 그 한마디의 울림은 미미하다. 나를 살아가게 했던 것은 그럼에도 불구하고 뚜렷한 현실론이었으니까.

나날이 갈수록 눈앞이 흐렸다. 지독하다. 우리는 현실을 사는 한, 시간이 흘러 배가 고파지는 한, 돈을 벌어야 하는 한, 하찮은 밤에도 별은 뜨고 아침이 오는 한, 실명을 하지 않고 몸을 움직일 수 있는 한. 살아내는 것에는 언제나 실체적인 방법론이 필요했다. 달콤한 낭만에서 깨어나야 했다. 낭만은 죽었다. 내겐 군대를 전역했던 그 다음날부터가 그랬다.

"위로 좋지……. 그런데 위로가 밥 먹여 주는 건 아니잖아?" 다시금 소매를 걷었다. 그러다 불현듯 생각했다. 마음은 스스로가 어떻게 만드는 것에 따라 무언가 차곡차곡 쌓이기도 하고,

고작 밑 빠진 독이 되는 것은 아닐까. 무언가를 받아들인다는 것은, 마음의 모양에 따라 천차만별로 변화하는 것은 아닐까. 돌아보면 나의 마음에도 나를 일으킬 힘이 가까운 어딘가에 담겨있지 않았을까.

그러니까 가끔은 굶어 죽어도 좋으니 우리의 마음이 배부르면 좋겠다. 입으로 먹는 밥은 아니더라도 대가 없이 건네는 위로의 힘으로 마음이 배부르다면, 우린 그것으로 먹는 밥을 지을 수 있을 테니까.

오늘의 나

언제쯤이었을까. 병적으로 매일이 우울했던 때가 있었다. 현실과 이상, 지금과 미래, 타인과 나, 그 중간 어디쯤에서 나는 갈피를 못 잡는 취객처럼 비틀거리고 있었다. 괴로움이 나날을 지배하고 있을 때면 저 멀리 버려둔 기억을 꺼냈다. 강하지 못했던 나는 가벼운 바람에도 자주 흔들거렸고, 곧은 나무처럼 굳건하지 못했다. 고등학교를 졸업한 후에도 난 어린아이처럼 가만히 서 있기만 했다.

나는 자가 치료를 하며 이를 일상적 우울감이라고 이름 지었다. 행복하거나 마냥 기분이 좋은 것을 낯설어하는 것. 찰나의 행복을 누린 후에 찾아오는 허무함을 두려워하는 것. 도대체 내가 왜 우울한지조차 알 수 없게 되는 것. 그렇게 모든 일상에서 조용히 격리되는 것이었다.

그때마다 글을 눌러 썼다. 생각보다 많은 것을 정리시켰다. 그때 사용했던 방법이 바로 오래전의 내 모습을 꺼내보는 거였다. '지금 아무리 아파봤자, 그때보다 더 하겠냐'라며 중얼거렸고, 그건 어느 날의 취미가 되었다. 완숙하지 못했던 역사 속의 나를 알아감으로 닥쳐올 우울을 티끌만이라도 버텨내려 한 것이다.

천천히 지금의 나를 견고히 만드는 작업을, 그렇게 그전과 나는 확연히 다를 거라고 믿었다. 그리고 나아갔다. 종종 저 밑 구석에서 기분 나쁜 구린내를 풍겼지만 그럭저럭 견딜만했다.

하지만 가끔은 정말 무엇을 위해 이 삶을 사는지 잊었다. 정확히 말하자면, 행복을 좇기 위해 이것저것 하는 행위에 대해 일정 부분 환멸을 느낀 것이다. 그때의 내가 있었기에 나는 앞으로 다가올 불행 앞에서 그리 호락호락하게 당하지 않겠노라고 말했지만, 그것도 어느 샌가 시시해졌다. 그때마다 나는 잠묻은 말투로 행복하다고 말했다. 금방이라도 갈아엎을 행복이라 할 것을.

괴로웠던 과거의 나를 들쑤시는 것이 과연 오늘 당장 행복하겠다는 지름길일까. 반은 맞다고 느꼈지만 반은 아니었다. 행복을 깨닫겠다는 것은, 씻을 얼굴을 다시 비눗물에 묻겠다는 것과 마찬가지다.

무언가를 깨닫는다는 것은 꼭 사유나 성찰로 이루어지지는 않는다. 과거의 나와 지금의 내가 우연히 맺어질 때, 마음에 별은 자연스럽게 들어서게 된다. 그러니 늘 신경을 곤두세우고 있어야 한다. 하루 가운데 언제 어떻게 불어 닥칠지 모르는 행복을 온 힘을 다해 만끽하기 위해서다. 그 사이 어딘가에 진짜 내가 있다.

행복하기 위해선 한 가지 준비해야 할 게 있다. 단순히 온몸으로 하루를 느껴보는 것이다. 하루를 자꾸 과장해서 생각하지 말고, 하루의 끝을 너무 쉽게 마감하지 말고, 일어나 다시 눈을 감을 때까지를 너무 상상하지 않는 것. 지루하기만 한 일상이라고 덧없이 단정 짓지 않는 것이다.

그러면 차차 오늘을 사는 나는 역사도 미래도 관계없이 완전히 새로운 '오늘의 나'임을 알게 된다.

오늘이 소중해지려면, 과거의 나도 미래의 나도 중요하지 않다. 때때로 냉소적인 개입을 하겠지만 충분히 개의치 않을 수 있다. 오늘을 사는 방법은 어렵지 않다. 그저 닳아 없어질 때까지 오늘 하루에 놓인 나만을 생각하면 된다. 당신이 행복해질 순간은, 참고, 견뎌내고, 버티고 나서야 비로소 마주하는 것이 아니다. 그저 찬연한 오늘이다.

당신의 오늘은 어제의 디딤돌이 아닌
우주보다도 고귀한 오늘이니까.

살아냈으니 그것으로 되었다

하나를 포기해야 했던 삶이라 할지언정
그저 살아냈으니 그것으로 되었다.

아무도 들어주지 않는 마음이 있다. 누구에게도 소리 내지 못할 마음이, 들리지 않는 소리가 있다. 들을 수 없는 소리가, 알아주지 않는 발걸음이, 들여다보지 못하는 치열함이 있다. 결국 그 수많은 마음과 마음들이 향해가는 곳은 하나의 단어였을 것이다.

'행복'이라는 소박한 단어. 그리고 사랑하는 이들과의 평화였을 것이다. 치열하고 열렬히 살아가는 우리는 행복하기 위해 산다. 그리고 여전히 행복하기 위해선 많은 것들을 해야 한다.

그러나 꼭 이루고자 하는 것이 이루어지지 못했어도 괜찮다. 우리를 행복하게 만들어주는 것은 높은 사회적 지위도 아니고 좋은 회사에 취업하는 것도 아니다. 물론 가산점이 된다면 될지 모르겠지만, 절대적으로 완전한 것은 아니다. 그저 살아냈으니 행복할 수 있다. 행복할 자격이 있다.

우리의 삶은 수많은 토끼로 구성되어 있는 것 같다. 연애라는 토끼, 그리고 이어지는 사랑이라는 결실. 온전히 내 미래에 투자하겠다는 다짐, 그리고 포기해야 하는 연애. 당연하게도 뒤축에 숨어버려 찾을 길이 없는 사랑. 숨 가쁘게 벌어내려 잠 한숨 못 자고 치열했던 만큼 수익은 얻어낼 수 있지만 바쁘게 사는 동안 몸 한쪽이나 마음이 곪아버릴지도 모르는 일이다.

결국 하나를 쟁취하려면 다른 하나를 놓아주어야 한다. 쉽게 말해 선택과 책임이다. 쟁취하기 위해 힘겹게 싸우는 일은 당연한 것이며 포기해야 하는 것에는 먼저 체념할 수밖에 없다. 슬프게도 그렇다.

체념을 하는 까닭은, 포기해버린 토끼가 물어다 줄 황홀한 기분을 어물쩍 느끼는 척만 할 수 있을 뿐 진정으로 두 가지의 기분을 한 번에 만끽하는 것은 불가능하기 때문이다. 무언가를 진정으로 포기하기 위해선 포기하고 놓아버린 만큼 다른 한쪽에서 성취하고 있다는 만족을 느껴야 한다. 내가 선택한 것이 서서히 이루어지고 있다는 즐거움이 곧 버리고 포기해버린 어두운 이면까지 들여다볼 수 있게 되는 이해심으로 발전한다.

결국 두 마리의 토끼를 잡겠다는 것은, 내가 선택한 하나의 가치가 견고해짐과 동시에 버려진 한쪽의 나를 이해하려는 마음의 포용이 아닐까.

안타깝게도 아직까지 마음의 자립을 위해 처음 채워야 하는 단추는 '체념'뿐이었다. 이 형체 없는 혼돈스러움에서 할 수 있는 선택이란 단물 가득한 껌을 뱉어야 하는 처절함이 전부였다. 그러니 썩은 고독으로 전념해야 한다. 하나의 처절함이 비참함으로 이어지지 않기 위해서는 말이다. 칼을 뽑아 들었으면 앞길을 가로막는 넝쿨만 베어선 안 된다. 내가 원하는 가치를 온 힘을 다해 사냥해야 한다.

그래야 비로소 체념이 건강해진다.

사실 우리는 삶이라는 정글에서 길을 잃어도 괜찮다. 누가 시키지도 않았고, 등을 떠밀지도 않았으니까. 그러나 또 한 가지 단념해야 하는 비극은 길을 헤매는 사이 '나이'만은 성실하게 먹어간다는 것이었다.

살다 보면 이름 모를 토끼가 어딘가에서 튀어 오른다. 우리의 삶은 두 마리의 토끼를 모두 잡을 수 없듯 두 개의 결실을 모두 맺을 수 없으며, 하나의 토끼를 포기하고 다른 한 마리에 전념해도 그 사냥을 완벽히 해낼지가 의문이다.

결국 삶이라는 정글에서 살아남는 방편은 그런 게 아닐까 생각했다. 노력하는 것은 나의 일이고, 결과는 나의 것이 아닌 것이다. 덧없이 포기하고, 죽어라 전념해도 이루어지지 않을 수도 있다는 게 당연한 사실이다. 결말에 절망을 느끼는 사람과 긍정을 느끼는 사람이 나뉠 뿐이다.

그러니 가끔은 세상이 무너질 듯 힘내지 않아도 괜찮다. 인생은 계획만큼 풀리는 것도 아니고, 노력한 만큼 이루어지는 것도 아니니까. 다만 노력하는 것. 당면할 일을 당면하고, 고통에 값을 매기지 않으며, 오기로 버티면서도 희망에 과몰입하지 않고, 한정된 장소에서 완전을 추구하려는 열망이, 우리가 삶을 저어 가는 유일한 동력이 될 것이다. 최소한 어떤 비참함으로 이어지지는 않을 것이다. 삶에 무수히 떨어진 수많은 운과 기회를 주워 담기 위한 그릇은, 그 무엇도 아닌 노력으로 키우는 것이다. 그게 전부다.

여전히 있는 그대로 사람을 본다는 것은 어렵다. 그러나 세상에 형편없이 살려고 사는 사람은 없다는 것이다. 결국 세상의 모든 밥그릇은 다 연결되어 있다.

사람은 모두 다 한 편의 영화라고 하지 않던가. 한 사람의 이야기 속으로 파고들다 보면 비로소 우리가 어떤 모양으로 될 수밖에 없었던 삶의 역사를 다분히 느낄 수 있다. 거창하게 '사랑'이란 이름으로 평범하게 '하루'라는 마음의 시간으로 누구에게나 그저 덧없는 따스함이 되어준다면. 건조한 우리 삶 속에 한 떨기 꽃보다 아름다운 '사람'이 살아가고 있다는 것을, 다시금 느끼게 될지도 모르겠다.

어떤 선택을 하고 어떤 포기를 하였어도
결국 한 마음 아니었을까.
그저 행복하려 했던 같은 사람이었음에는.

5장

나를 거쳐 간 모든 것들에게

좋은 날에 사는

좋은 사람에게.

헌 사람

세상에는 간혹 새것보다 헌것을 좋아하는 사람도 더러 있다. 헌 책, 헌 신발, 헌 옷가지, 헐거워진 지갑 같은 것들. 누군가 보기엔 그저 낡았지만 나의 때가 묻은 헌 것을 새것만큼이나 간직하는 자들. 아니 어쩌면 새것보다 더욱 애지중지 다루며 그 정성과 세월의 애틋함을 아는 자들이.

나 또한 왜인지 빠르고 간편한 디지털보다 느리고 복잡한 아날로그의 감성을 더욱 잃고 싶지 않다. 때때로 '어떤 나'는 사물에 기록되었고, 기록의 곁에는 수없이 많고 다른 누군가 존재했다. 당신이었다. 아직도 네 살배기 때의 옷을 버리지 못하는 엄마의 마음을 조금 알 것도 같다.

이제는 입을 수도 입혀줄 수도 없는 헌 옷을, 옷장 구석에 걸어놓는 결코 촌스럽지 않은 찰나의 낭만을 나는 알 수 있다. 종종 만나게 되는 아늑한 냄새를. 이토록 어지러이 굴러가는 세상에서 조금의 느린 세상을 여는 것을.

오래된 세월의 냄새를 오늘도 빚어가는 아름답게 헌 사람들.

애정 결핍

시시한 사람으로 나는 자라서 애정 결핍이라는 요상한 병을 얻었다. 누구를 만나고 싶은지, 무엇을 하고 싶은지 모르는 채로 정처 없이 바깥을 내도는 병. 아무런 의미 없이 아무런 의도 없이 사람을 찾아 헤매는 소년이었다가, 별안간 누군가를 하염없이 기다리는 허름한 허수아비가 되는 병이다.

애정이란 구체적으로 구걸할수록 '귀찮다'는 낙인이 찍힌다.

슬픔을 억지로 밀어내 보려 했었던 숱하게 지난날들에 필요했던 건 고작 하나의 등불. 타인에게로부터 흘러오는 얕은 기운이 아니었고. 내가 나를 아는 사랑뿐이었다.

하지만 결국 나는 나를 고스란히 사랑할 수 없다는 결론에 도달했다. 그건 거짓 사랑이었다. 형제도 형상도 없는 자기 위안. 일시적 환각일 뿐이었다. 때로 우리는 '자신을 사랑하라'는 되도 않는 황홀경에 빠진다. 막연한 사랑만큼 자신을 어둑한 무덤에 파묻는 것도 없다. 나는 나를 사랑하기 이전에 먼저 이해하려는 작업을 한다. 결핍의 근원을 알아차리는 것. 그러므로 나는 어설프게 괜찮지 않을 수 있었다.

때론 이해 작업의 지분을 조금 나눈다. 역시 사람은 사람이 필요하다. 그저 만날 수 있음에 감사한 사람과 끝없이 마음의 문을 활짝 열고 영감을 주고받는 영혼의 나눔. 이따금 괜스레 서로의 밑동을 지켜주기도 하는 것. 서로의 내면을 넘치도록 쏟아내는 나눔의 물줄기가 결국 내 결핍을 씻어냈다.

여전히 내겐 사랑도 위안도 말고, 등불이 필요하다.

영원토록 꺼지지 않는 무엇이 필요하다.

나는 그녀의 돌연변이

사는 게 자주 외롭고 조용했다. 따스한 4월에 태어났지만 전혀 4월 같지 못한 사람이 되고 말았다. 따스한 봄처럼 살기를 바랐던 엄마에게 나는 빨간 줄의 죄인이다.

다른 건 모두 개의치 않을 만큼 나는 이런 내 모습을 썩 나쁘지 않게 생각한다. 집으로 돌아가는 시멘트 바닥 위에 공기가 곧장 마음에 스며 우수수 외로워져도 괜찮았다. 원체 덧없이 밝은 것보다는 어두운 걸 더 좋아했고 함께 있어도 혼자라고 느끼는 사람과 뒤섞여 있느니 차라리 혼자가 백만 번 낫다고 믿었다.

하찮은 우울을 먹고살았지만, 이제는 우울에 도가 튼 사람이 된 터라 삼킨 우울을 소화시키거나 때론 뱉어버릴 줄도 안다. 그렇게 긍정적인 것보다 부정적인 것을 찾는데 일가견이 있는 사람으로 산다는 건. 웬만한 것에 예민하게 휘청거리거나, 속수무책으로 당하지 않는다는 말이었다. 양날의 검 같은 감정의 존재를 품고 사는 내가 나쁘지 않았다. 나는 나와 잘 합의하고 지낸다.

하지만 내가 나처럼 사는 것에 유일하게 걸리는 사람이 있었다. 엄마였다. 그녀는 너무나 봄 같은 사람이라서, 언제부턴가 내게서 부는 찬바람을 더 서늘하게 느꼈을 것이다. 인중에 검은 수염을 묻힌 내 모습에 그녀는 씁쓸했을 것이다. 본래 성향 상 나는 빛보다 그림자가 더 많은 사람이었고 그녀가 모르는 계절이었다. 우울과 불안의 깊이가 다채로운 나는 그녀의 돌연변이, 정체불명의 괴물이다.

"어쩜 이렇게 다를 수가 있니."

그러게 말이다.

분명 눈을 뜨고 다닌 것 같았는데 실은 실눈을 뜨고 다녔으려나. 기억과 날들은 내게 '성에 낀 투명'보다 '먼지 낀 푸석'이 더 정확하다. 하늘은 촛농처럼 묽다. 묽다는 건 어떤 순간을 있는 그대로 만끽하지 못한다는 말이다. 머릿속에는 정체불명의 혼돈이 깊다. 아직도 그것들의 정체는 불분명하다. 우울이란 꼭 한 방울의 먹물 같아서 다시는 그 전으로 되돌릴 수 없었다.

이내 그것에 익숙해진 그대로 물들게 되었다. 감정의 농도가 짙은 날 나는 그녀의 얼굴을 똑바로 바라보지 못한다. 그녀의 눈속에 담긴 나는 다채롭고 무심하다.

나는, 찌그러진 밥솥. 구멍 난 숟가락. 비닐봉지 안에 굴러다니는 빵 부스러기. 얼음 컵 아래로 고이는 물 자국. 씹다 뱉은 껌. 엉킨 머리칼. 구부러진 못. 실오라기 없는 연. 사막 위에 바람개비. 주로 아픔을 덮는 사람. 덮어놓고 도망가는 사람. 나는 눈을 까맣게 뜨고 꼬리를 치켜든 채 주위를 어슬렁거리는 작은 털 뭉탱이. 그러다가도 잽싸게 도망가는 발.

때때로 먹이를 던져주면 살금살금 다가가는 의심. 호의 안에 수작 찾는 눈. 끝내 고개를 처박는 동물. 적당한 거리를 사랑하고, 거리에 존재하는 모든 사람을 기피하는 비겁한 생물. 어쩌다 마음을 나눈 소수의 인간을 오늘 밤도 그리워하는 부끄러운 커튼. 사랑을 어색해하는 반쯤 못난 영혼이었다. 그래서 가끔은 천성이 숨는 것에 익숙한 나의 조상이 사실 고양이가 아니었을까, 하는 실없는 상상도 하곤 했다.

"엄마, 저는 아무래도 엄마의 뜻처럼 살아갈 수 없는 사람인가 봅니다. 따스한 4월에 태어났지만 전혀 4월 같지 않은 사람이 되고 말았어요. 저를 봄처럼 낳아 주셨지만, 저는 봄이 참 어색한 가 봅니다. 아마도 처음부터 이러지는 않았을 겁니다. 어쩌다 보니 예민함과 민감함을 동시에 포갠 채, 까칠함까지 더한 돌연변이가 되고 말았다고. 그러니 나의 존재는 결코 엄마의 탓이 아니라고 말씀을 드리는 겁니다. 그러니까 엄마, 종종 보이는 내 모습에 너무 슬퍼 마세요. 자주 외롭고 조용한 나는 어쩌면 엄마의 자식이 아닐지도 몰라요."

어쩌면 나는 그리 될 수밖에 없던 사람이었기에, 지금 이렇게 쓰는 중일지도 모른다. 기왕 이렇게 된 것을 나는 자랑스레 여긴다. 비친 눈에 담긴 나는 비록 밝지 못하겠지만, 슬픔으로 누군가의 슬픔을 달래는 사람이 될 거라고. 죽을 때까지 온 마음을 다해 당신을 사유하겠다고 전하는 중이다.

세상에 외로움을 담당하는 어떤 사람으로 남아 한평생 누군가의 통증을 나눠 갖는 사람으로 그렇게. 누군가의 바닥으로 내려가 두 손을 잡고, 엉망진창이 되어 함께 올라오는 그런 사람으로 그렇게. 고작 이 정도의 어른으로 자란 이런 나를 응원해 주기를.

훈련소에서

관물대에 매달린 거울을 봤다. 태어나 처음 보는 얼굴이었다. 분홍빛이다. 곧장 검붉어졌다. 과일처럼 벌겋게 무르익은 후엔 연한 갈색으로 변하여 생선 비늘처럼 번질거렸다. 유독 커다란 흉이 눈에 들어왔다. 백지의 한가운데가 타들어가는 부분처럼 뜨겁고 꽃처럼 화려하기도 하였다. '시간이 약'이라고 줄곧 나를 토닥였지만 하찮은 자기 암시도 이젠 겁이 나는 듯 보였다. 매일같이 구체적으로 세밀하게 감각해야 하였다. 나는 하루를 버티려 예민함과 멍청함을 동시에 두른다. 덕지덕지 숨쉴 틈 하나 없도록 위장한다. 12월은 이렇게 지났고 저렇게도 지나갔다.

저녁에는 꿈이 없는 잠을 청한다. 침낭 속에 웅크린 채, 태어나 처음 보는 사람의 얼굴에서 나오는 코골이 소리를 들었다. 종종 드르륵 거리며 이를 가는 사람도 있었다. 이를 가는 소리도 처음 들어봤다. 설거지를 너무 빡빡하게 하면 들리는 기분나쁜 뽀드득 소리였다. 귓가에 뽀드득 소리와 코골이 소리가 동시에 울렸다. 몸에 기운이 하나도 없어서 잠을 자려면 잘 수는 있었지만, 어차피 2시간 뒤에 일어나야 했기에 그냥 깨어있기로 하였다. 시꺼먼 천장 아래 놓여서, 울려 퍼지는 소리를 흡수하면서, 아픈 다리를 주무르면서, 참 많이도 울었다.

한낮에는 초록의 군단이 긴 줄을 인다. 나는 침을 뱉듯 소리를 지르며 행군했다. "기꺼이 걸어주지, 이런 길쯤." 이대로 죽어버려도 힘 하나 못쓸 만큼의 무력감이 찾아왔을 때는 주로 하늘을 올려다봤다. 구름과 별을 보았고 상상력으로 담배를 폈다. 사랑하는 사람들을 떠올리면서 단념했다.

나는 고통과 아름다움 사이의 실체를 이해하고 싶었다. 특히나 군대에서는 그 간극에서 잘 놀아야 했다. 그래야 겨우 미치지 않았다. 그건 어쩌면 하나의 생존술이다. 지금 제아무리 고통스럽고 힘겨워도 언젠가 나타날 근사한 날을 믿고 그렸다. 그날에 서 있는 나를 상상하며 어금니를 물었다. 곧장 포기인지 단념이지 모를 반응이 밀려왔다. 그러나 포기할 수는 없었다. 어쩌면 건강한 단념 쪽으로 마음이 기울어야 했다.

그래 나는 너무 어렸다. 어렸고, 나약했고, 민감했다. 문득

강해져야 함을 느꼈다. 그리고는 세상에서 가장 강한 사람이 되리라 다짐했다. 나는 독기를 품은 사람의 얼굴이 무엇인지 보았다. 그날부로 웃음을 지웠다.

흉터

가끔 나는 흉터가 많은 사람이 멋있었다.
어찌됐든 그 많은 상처를 다 이겨내고
오늘까지 도달한 사람이라는 거니까.

그런 사람이고 싶다. 어떤 거대해 보이는 일 앞에서도 덤덤할 수 있는 사람. 자그마한 상처쯤이야 별거 아니라는 듯 무시하는 사람. 일단 한 발자국 떼어보고 해결하는 사람. 하루는 함께 손잡고 가는 사람이, 하루는 등지고 기댈 수 있는 든든한 사람이.

그런 사람에게는 꼭 적지 않은 흉터가 있었다. 피부에 새겨진 흉터보다 마음에 천 같은 것으로 덧대진 흉이 말이다. 누군가를 지키고 싶다면 많이 아파야만 하는 모양이었다. 나는 기꺼이 아프고 싶다.

설령 거대한 흉이 져 누군가 곁눈질하여도
소중한 이들을 지키고 싶다.

뜻밖의 안부

뜻밖에 헛헛해지는 날이었다. 주로 외로움과 어울리는 날이다. 사람에게 관심이 없는 편이지만 아주 외로워 사람이 간절해질 때엔, 특별한 용무가 없더라도 거리로 나와 사람들과 섞여 걸었다. 아무런 목적 없이 마냥 걷는다는 건. 겨우 이 세상 어딘가에 소속되어 있다는 안정감을 주면서도, 때로는 묘한 곳으로 그냥 보내버리기도 한다.

묘한 곳에서 느끼는 것들의 감촉은 대부분 평범하면서도 낯설고, 낯설면서도 익숙한 것들이다. 주로 연말연시나 생일 같은 요상한 날에도 그랬다. 누군가에게 소식을 전해야만 할 것 같은 첫눈 오던 날, 설레발이 구차해 보여 괜스레 넣어두던 날들에도 그랬을 거다.

걷다가 보면 느닷없이 사람이 떠올랐다. 정작 생각하고 고민해야 할 것들이 태산인데도 나는 자주 사람을 머리맡에 두었다. 자신을 찾으러 제주도로 떠난 누나는 이제 안정을 얻어 제법 평온한 날들인 듯했다. 하루는 자고 일어나 보이는 바다의 색이 시원하다고 전해왔다. 자고 일어나면 펼쳐진 풍경이 너무 신기하다고, 그래서 좋아하는 색깔까지도 바뀌었다고. 정말이었을까. 부디 정말이었으면 좋겠다고 중얼거렸다. 그곳에서도 느끼는 또 다른 고난이 있을 텐데, 하기야 떠나기 전 이곳만 하겠느냐고 이내 미소를 지었다.

문득 누나가 바라봤을 바다 풍경을 떠올렸다. 낯선 광경이 풍경이 되기까지의 적응기는 고됐으려나. 태어나 처음 밟아본 곳에서 행복을 느끼기까지의 순간은 고요했으려나. 창밖에 푸르스름한 동이 틀 때, 구멍 난 돌이 늘어진 길을 걷기도 하였을까.

어쩌면 나는 사람을 기피하고 권태를 느끼면서도 결국 사람을 그리워하는 영혼이었을지도 모르겠다. 보이지 않는 곳에서 만날 수 없는 사람을 연신 떠올리지만, 정작 전화 한 통 걸지 못하는 소심까지 겸비하여 나의 하찮은 모순은 조금 단단하다. 그래도 한동안 나는 많이 걷고 싶다. 걷다가 가끔은 머리에서 가슴으로 누군가를 떠올릴 것만 같다.

누나가 전해온 마지막 말은 '보고 싶다'였다.

바다가 보이는 마을에 가고 싶다.

창동에서

강해 보이기만 하던 당신도
뜯어볼수록 작은 사람이었네요.

어느 날 창동에서 당신과 만나기로 하였다. 오랜만에 만난 당신은 여전하다. 갑작스레 잡힌 약속은 아니었지만 오는 길은 순탄치 않았다. 그날따라 바람이 거세게 불어 걸음걸이에 더욱 무게가 실렸으니까. 아슬아슬하게 지하철을 탄다. 지하철 벽면에 늦은 오후의 볕이 실처럼 가늘게 비춰왔다. 이 순간, 당신과 함께여서 그 모습마저 유난히 낭만적이다.

한낮엔 즐거웠다. 몇 주 만에 외출다운 외출을 했던 탓이었을까 온 세상이 새삼 새롭게 느껴졌다. 옆에서 나란히 걷는 당신이 내 시선의 아름다움을 한 점 더 부각해준다. 거리를 걸으며 대화를 하니 웃음이 터져 나왔다. 이어폰을 끼고 소리를 차단시킬 이유가 없어진 거리에는 낯선 행복이 깃들어있었다.

“이미 다 알아놨어. 저쪽으로 가면 돼.”

초저녁엔 역 주변 어딘가에 포장마차를 들어갔다. 나는 당신의 뒤에서 걷기도 하였고, 때론 나란히 걸었다. 당신은 참 여러 가지 모습으로 함께하기에 충분하였다.

"역시 네가 좋아할 것 같았어, 이 포장마차."

이런 공간은 처음인가. 어릴 때만 해도 아저씨들의 얼룩진 공간이라 생각해 거부감이 많았는데, 이제 이런 포장마차는 찾아서 가지 않으면 모습도 보기 힘들어졌다. 정겨운 내음이 풍기는 공간이다. 시끄럽게 떠들며 소란스런 사람들이 없다.

술잔을 기울이는 사람들의 평균 나이 대는 분명 삼십 대 이상이다. 우린 이 공간에서 가장 어렸지만, 누구보다 쓴맛의 주제 거리를 가지고 있었다. 그날따라 소주에서는 여러 맛이 났다. 아직 살아내야 할 날이 많은 맛. 달콤 쌉싸름한 맛이었다.

그대는 요즘 힘들다 말했다.

그래서 무엇이 힘드냐 물었다.

그러니 정리가 안 됐다 답했다.

그럼 기다려주겠다 말했다.

그러자 당신은

"강한 척하기가 힘들어"라고 풀었다.

순간 머리를 한대 얻어맞은 기분이었다. 당신은 전혀 그런 말을 할 사람이 아니었으니까. 내가 아는 당신은, 언제라도 괜찮을 사람이었으니까. 나는 당신을 그리 안다고 자부했으면서 어설픈 착각을 하고 있었나 보다. 왜 진작 용기 내기 못했을까. 내가 당신에게 가장 잘할 수 있는 것은, 가장 쉽게 건넬 수 있는 것은, 그리 대단하고 화려한 게 아니었는데. 그리고 아주 가까이, 진즉에 내 곁에 있었는데.

봄 같은 당신에게도 연약한 겨울이 있다는 사실을 뒤늦게야 알았을 때, 나는 어쩌면 나를 보살핀다는 핑계로 당신에게 소홀했던 것이다. 지나치게 밝았던 당신은 사실 상처가 많은 당신이었다. 밝고 명랑하다고 해서 다 그런 것은 아니었다. 자신의 아픔을 가려내기 위해 애써 지나친 밝음을 유지했던 당신이었다.

'그래, 당신은 강했던 게 아니라 약해지기 싫었던 거야. 아니, 약해질 수 없었던 거야. 당신만큼 안아줘야 할 사람이 내 세상이 또 어디 있을까. 소중하고 소중한 당신아, 이제야 말이라도 해주어 고맙다. 이제는 내가, 영원한 당신의 편이 되어 주리라.'

그저 그런 사람이라도 되고 싶어서

최근 나는 지쳐있습니다. 이것저것에 치여 있었습니다. 달력의 숫자는 10월 중순을 넘고 있는데 벌써 한겨울이 온 것처럼 살결이 찹니다. 돌아보니 나의 가을은 어느새 사라져 있더군요. 어딜 그리 바쁘게 다녔던 건지 모르겠습니다. 분명 이맘때쯤 낙엽이 질 무렵이었는데 동네는 별안간 설원이 되어 버렸고, 의무적으로 걸친 외투는 두툼하고 무겁습니다.

걸음걸이에 무게가 실려 둔하게 걸어야 하는 시기에 나는 괜스레 당신과 포옹이라도 하는 듯하면서도 한편으론 당신을 업고 걷는 듯합니다. 여전히 혼자 걸어야 한다는 사실이 슬퍼 우수수 떨어져 갈 때 당신은 나를 왕왕 붙들어 매기도 합니다. 당신은 나뭇잎의 손을 놓지 않는 가지처럼 절묘했습니다.

당신이 종종 보내온 안부에 나는 며칠을 가볍습니다. 당신은 대수롭지 않게 생각할지 모르겠지만. 허허로운 순간에 당신은 귀신처럼 들이닥쳤고 나는 당신과 붕 뜨고, 하늘을 여행하다가 내려옵니다. 문득 당신과 나의 거리가 참으로 애석하면서도 아늑합니다.

언젠가 사방에 온통 눈보라가 날릴 때, 나는 덥수룩한 코트를 벗어 당신을 안아주려 합니다. 그대로 나는 기어이 따뜻하게 얼어 죽으려는 사람이 되려 합니다. 자주 전화도 못하는 소심한 내가, 그저 그런 사람이라도 되고 싶다고 글은 잘만 적습니다. 이건 당신을 향한 나의 고마움이 아닙니다. 고작 고맙다는 말밖에 할 수 없는 내가 너무 미련스러워 견딜 수 없는 하찮은 마음입니다.

문득 찬바람을 맞으며 생각합니다. 이 바람을 당신은 더 차갑고 날카롭게 견디고 있을 거라고. 바람은 찬 바다를 거슬러 오며 푸르스름하다 못해 심해처럼 검을 거고, 부산의 겨울은 참으로 모질고 깊습니다. 겨울이 깊었으니, 봄이 멀지 않을 것입니다. 조금만 더 견디다가, 꽃 닮은 날에 만납시다. 오늘도 혼자가 아니라는 사실에, 당신과 내가 이 삶을 버팁니다.

나는 잘 지냅니다. 당신 덕에 오늘도.

봄 향 가득한 웃음으로

최근 내게 엄마가 가장 많이 했던 말은 "좀 웃어 봐"였다. 어려서부터 나는 내가 웃는 표정을 싫어했다. 별다른 이유는 없고 그냥 표정이 별로다. 특히 웃을 때 살짝 맞물리는 입술 사이로 보이는 치아와 봉긋 올라서는 광대뼈가 안 그래도 살이 적지 않은 얼굴을 한결 못나 보이게 했다. 돌아보면 내게 '웃음'의 의미는 무언가를 자랑스럽게 끝마친 후에야 스스로에게 하사하는 노고의 보상 같은 거였다.

불현듯 태권도를 하던 시절을 떠올린다. 겨루기 시합을 열심히 했다. 첫 시합을 아주 열심히 준비했지만 성적이 좋지 못했다. 그때 같이 시합을 뛰던 형은 '원래 처음엔 떨어지는 게 당연하다'고 말하며 떡볶이를 먹으며 웃곤 하였다. 나는 '더 잘하지 못해 미안하다'는 말을 반복하며 고개를 떨구며 저었다. 더 잘하지 못해 죄송하다고, 나는 값진 웃음이 번지는 결과를 가져오겠다고 중얼거렸다. 진심으로 웃고 싶었다.

대부분의 사람들은 나를 보며 겸손하다고 말했다. 천만의 말씀이다. 겸손은 어렵다. 나는 겸손한 게 아니라 나를 객관적으로 존중하고 싶을 뿐이었다. 사랑하고 싶었나 보다.

그날 저녁 형이 사다준 담배 한 갑과 음료수를 기억한다. 헛웃음 나오는 맛이었다. 괴상한 일이었다. 그전에는 고작 형과 어울리고 싶어 피던 담배에서, 처음으로 '맛'이란 게 느껴졌으니까. 그날 나는 독하게 살기를 작정한 사람에게 웬만한 독함은 도리어 맛있다는 것을 알게 됐다.

나는 썩어가는 폐보다 나를 냉정하게 바라보기를 좋아하는 사람이었다. 이따금 냉정하고 맹렬하게 나를 쏟아냈지만 마음만큼 안 되던 결과와 내가 충돌했던 현장에서는, 맨 처음 다짐했던 이상적 목표가 무엇이었는지 까맣게 잊은 후였다.

언제쯤이었을까. 도복 바지 밑단이 해져 질질 끌다가 귀찮아서 잘라버릴 때쯤에 한 번 금메달을 목에 걸어본 적이 있다. 어떻게 이겼는지는 아직도 잘 모른다. 운이 좋았다. 승리의 세상은 온통 하얗다. 어떤 것도 손댈 수 없이 넋 놓고 느끼게 되는 기묘한 순간이었다.

시합을 마치면 흥분을 가라앉힌 몸이 서서히 반응을 해 온다. 아드레날린이 바닥난 몸에선 계단에서 구른 듯한 통증이 느껴졌다. 새삼 이렇게 많이 맞았나 싶었다. 나 또한 나름대로 열심히 상대를 때렸는데, "하긴, 원래 일등은 아픈 거야……. 안 아픈 일등이 어디 있겠어?" 나는 그날 시합을 준비한 후로 처음, 탈의실 바닥에 주저앉아 파스를 바르면서 미친놈처럼 웃었다.

이따금 과거의 나를 떠올려보며 현재의 나와 대입해본다. 여전히 내 표정엔 변함이 없다. 흡사 금이 간 거울을 보는 것 같다. 누가 웃음을 권해도 마음에서 우러나오지 않는 웃음을 가식처럼 내보이지는 않는다.

하지만 때로는 꼭 무언가를 이루어내지 못해도 종종 웃으려 한다. 펴지지 않는 미간과 웃음의 비율을 적절히 섞으려 한다. 비단 나의 얼굴이 가까운 사람에게 비칠 때, 자랑스럽진 못해도 최소한 고통스럽게 보이지는 않도록 하게. 아주 오래전부터 가면 쓰기는 내 전문분야여서, 이제 더는 웃음 가면을 쓰지 않기로 하였다. 이번 연도의 끝자락에 닿기 전에는, 만족스러운 삶에 금메달을 얻지 못해도 꼭 이 말을 전하는 사람이고 싶다. '엄마 요즘 나는 박장대소를 하며 웃어'라고.

우리들의 언젠가의 나날이 꼭 영원한 봄이라면 좋겠다. 우리에겐 시들지 않을 각자의 웃음이 있을 테니까. 비록 매일이 근사하진 못해도 결국 서로에게 꽃 같은 얼굴이 되어 줄 테니까.

이따금 언젠가의 좋은 날을 상상하곤 한다. 너무 뜨겁지 않은, 적당히 포근할 수 있는 온도의 나날을. 싱그러운 봄 햇살 같은 날. 손끝에서 혈관을 타고 느껴지는 따듯함을, 별안간 쌀쌀한 날씨에 손에 쥐는 붕어빵 같은 날을. 새삼 별 거 아닌 것에도 사르르 녹아내리는 어떤 날을 그리곤 한다.

'그런데 좋은 날은 있잖아, 좋게 살아가다 보면 언젠가 다가올 거야. 좋은 날에 사는, 좋은 너와 함께.'

백색의 평화를 마시다

두통이 관자놀이에서 시작해 뒷목까지 타고 내려왔을 때, 홧김에 타이레놀 네 알을 털어 넣고 휘청거렸다. 온종일 덮고 다닌 마스크가 문제였나, 돌아보니 오늘따라 유난히 호흡이 거칠었는데 걸음걸이가 급했을까. 미세먼지가 말썽이었을까. 여하튼 어디서 오는지도 모르는 두통이 시작되는 순간 내가 유일하게 기댈 곳은 백색의 알약들뿐이었다.

그랬다, 사람이 한없이 초라해지는 상황에는 늘 그랬다. 거짓말처럼 나뿐이 없다. 나만이 나를 챙기고 보살필 수밖엔 없었다.

그건 주변 이들의 관심이 부족해서가 아니었다. 결국 우린 언젠가 홀로 남겨진다는 적잖이 서글프고 당연한 사실이었다. 그럴 때마다 머릿속에 맴도는 몇몇의 사람들을 떠올렸다. 백색의 알약만치 우리는 삶에 기댈 곳이 서서히 줄어들게 될 거라고, 그러니 우린 언제까지나 평화로울 수는 없다고 인정해야 했다. 약을 삼키고 머리가 지끈거릴 때마다 소중한 사람을 생각했다. '우리 언젠가 혼자 약을 삼키는 나날이 자연스러워질까.' 그때 우리는 서로 어디쯤에 있을까.

사람마다 만성적으로 앓는 무엇이 있다고 들었다. 작은 충격에도 멍이 드는 사람. 소화를 못 시키는 사람. 자주 우울감에 빠지는 사람. 두통을 달고 다는 사람. 시력이 안 좋거나, 치아가 말썽인 사람. 평균적으로 따듯한 날임에도 찬기를 품고 사는 사람. 우린 내외적 어디든지 해져버린 구석이 하나쯤 있다.

불행 중 다행인지는 모르겠지만 내겐 '두통'이 바로 그것이다. 이따금 머리통을 통째로 열어 환기를 시키고픈 충동을 느낀다. 그때마다 나는 도무지 설명할 수 없을 만큼 예민해지기에, 누군가와 함께 할 때면 두통이 발발하지 않기를 기도한다. 혹여나 지끈거림이 스멀스멀 피어오르는 기색을 보이면 되도록 말수를 줄였다. 실은 아무 말도 할 수 없었다.

그해 가을에는 거의 두통을 달고 살았다. 그즈음 나를 마주했던 사람들에게 미안한 말이지만, 누구보다도 내가, 우리를 자주 흔들었음을 알았다. 종종 예민함에서 까칠함으로 변화했던 나였기에, 나의 하찮은 생각들이 우리를 불편하게 만들기도 하였다. 그런 내가 말없이 침묵하던 것이 우리를 위해 할 수 있는 최선의 배려라고 했다면. 그해 그대들이 내게 느끼던 불편한 기류가 조금은 덜 했을까. 나는 그저 두통이 지배한 내 모습을 아직 정돈하지 못했을 뿐이었는데. 혹여나 통제를 못했던 내 모습으로 우리의 평온이 깨지기라도 할까 봐.

하루는 여느 때와 같이 카페에서 글을 썼다. 이제 곧 저녁을 바라보는 시간이었다. 제법 거대한 두통이 찾아왔다. 녀석은 관자놀이에서부터 천천히 못질을 시작했다. 뱀이 기듯 서서히 머리 전체로 천천히 넓어진다. 나의 미간은 찌푸려지고 말을 가려하지 못하게 되어간다. 이건, 내가 아니다. 어쩌지, 아직 영업 종료까지는 2시간이 남아있었다. 엉덩이의 힘을 믿고 앉아 있어 볼까. 썩 괜찮은 글이 나올지도 모른다.

'아니다. 아니야. 집으로 가자. 오늘은 이만 좀 쉬어야겠어.'

영혼이 반쯤 가출한 몸뚱이를 끌며 집으로 갔다. 현관문을 여는 찰나에 '쭈니'가 짖는다. 쭈니는 우리 집 반려견이다. 가만히 나는 녀석과 마주한다. '가만 보니 넌 블랙홀 같은 눈동자를 가졌구나. 어쩐지 너도, 어딘가 울적해 보이는구나.' 잠시 쭈니의 눈을 보고 멍하니 있었다.

"쭈니야. 아마 그럴 일은 없겠지만, 만약 내가 쓰러지기라도 한다면 그냥 장난치는 줄 알면 돼. 종종 그랬던 것처럼. 알겠지? 네가 내 얼굴을 몇 번 핥을 때면 난 곧장 일어날 거니까. 그래, 그럴 거니까 걱정하지 마. 계속 걸어갈 테니까. 약 기운을 받아서라도, 잠시 휘청거려도, 천천히 나아갈 테니까. 우리는 평화로울 거야."

우리가 가진 평화에 균열이 가는 듯한 순간이 종종 있다. 혼자라고 느껴질 때마다 늘 홀로였다고 느낄 때. 뭘 해도 안 되는 것 같고 실제로도 안 되는 날. 그럼에도 불구하고 계속해야만 하는 온갖 이유를 대며 자신을 더 강하게 몰아붙이지만, 어두워지는 하루와 함께 절망해버리는 그런 순간이. 그래, 우리는 한없이 자신과 주변의 평화를 위해 싸우며 살 것이다. 우리, 초라함으로 얼룩진 순간마다 텅 빈 방 앞에 놓이는 날이 많을 것이다.

하지만 오늘도 천천히 돌아갈 집이 있기에, 연락 한 통 주고 받을 사람이 있기에. 사랑한다 말하는, 사랑을 주고 받을 사람들이 있기에, 우리 지금껏 살아내었다. 수많은 약들을 삼켜내고 그 많은 고통을 견뎌내고자 했던 마음은 다름 아닌 사랑하는 이들과 행복하고 싶어서였기에. 그저 사랑하는 이들을 지켜주고자 했던 설움이었기에, 우리 이렇게 존재한다. 그토록 바래진 마음과 함께. 우리는 버티며 함께 살아갈 것이다.

서로의 평화를 지켜내기 위해
수없는 고통을 감내하며 생존해있는 그대들에게

"그래 고생했어. 우리, 우리."

(2021)

사랑이 찾아올지도 모른다

"잠시 내리는 눈처럼, 어차피 다 지나고 나면 한낱 장난질 아니야? 아직 스스로도 가다듬지 못하는 주제에 누굴 만나겠다는 거야? 다 의미부여야 그거. 눈 내릴 때만 예쁘다 바라보지 만지고 녹고 다 부서져 내리고 나면, 결국은 예쁜 쓰레기 취급받는 거야. 연애도 사랑도 다 그런 거겠지 뭐."

언젠가의 겨울이었다. 그 시절 나는 버릇처럼 말했다. 어린 날에 많은 것을 부여하고 느끼지 말자고. 인생을 좀 넓고 광범위하게 보자고 말했다. 시간이 지나면 지금 감내하면서 투자하였던 마음들이 하나둘 모여 어떤 결실을 이루게 될 것이고, 그것은 지금 한낱 장난질에 불과한 파릇한 감정이 겪고 남긴 여운보다 훨씬 더 값질 것이라고 하였다.

그리 선언하고서 꽤나 오래도록 홀로 지냈다. 혼자가 주는 잔잔한 물결의 크기가 누군가를 만나 생성되는 파도의 비해 더 소중했다. 종종 누군가를 만나고 싶다는 느낌은 있었지만, 느낌은 그저 느낌으로 그쳤다. 그렇게 서서히 연애라는 것을 인생에서 지워버리기 시작했다. 그러자 별안간 이상한 일이 벌어지기도 했다. 흔히 '썸'이라 부르며 연애가 맺어지기 위해 거치는 과정이 대부분 곤혹스럽게 다가왔다는 것이다. 이유인 즉 그렇게까지 좋아하는 사람이 없어서였는데, 더욱 정확히 말하면 썸 이후의 결실로 가자니 호감이 있는 듯했던 사람이 한순간에 별로이게 되어 버리는, 그런 괴상한 일이 벌어지곤 했다는 말이다.

나는 아직 연애할 준비가 되어있지 않은 듯했다. 사무치게 그걸 알았다. 그러면서도 가끔가다 느끼는 호감은 어째서인지 참아냈다. 무얼 위하여 그토록 숱한 감정을 참는 것인지 잊었다. 그게 슬펐다.

그해 겨울, 숨이 다 죽은 패딩을 만지며 친구는 말했다.

"이제 여자 친구 좀 사귀어라……. 그러다 영영 아무도 못 만나는 거 아니야?"

대수롭지 않게 얘기한 친구의 말에 나는 한동안 오래 머물렀다. 그건 스치듯 들려온 친구의 한마디가 만들어낸 망상이 아니었다. 돌아보면 그간 살아오며 비슷한 유의 말들을 참 많이도 들어왔다. 단면적으로 애인이 없다는 것에 빗대어 사람들이 주는 시선이란 참으로 다양했다.

그러한 말을 던질 때 흐르는 분위기의 기류는 대부분 그랬을 거다. 소주잔을 부딪친 뒤 침을 한 번 삼킨 후 말하듯 손을 상 위로 올려놓고 사뭇 진지한 투로 말하지 않는다. 늘 은연중에 말을 던진다. 그래서일까 내겐 더 오래 머물렀다. 집중해야 풀리는 얽힌 문제가 아니라 굴러다니는 볼펜과 같이 있어도 그만 없어도 평범한 그런 것이었을 테니까.

그래서 연애를 하지 않음에 있어 내가 온전히 소중해지려면, 누군가에게는 변명처럼 들릴만한 자신의 신념을 자주 설명해야 하는 매우 피곤한 상태가 되어 버렸다.

종종 그래야 했다. 누군가 무심코 내던지는 말 한마디, 별생각 없이 건너온 한마디에도 피해의식의 물결에 휩쓸리지 않게끔 늘 조심해야 했다. 나는 알게 모르게 이미 삐뚤어져 있었던 모양이다. 거기까지 도달하면, 이제는 스스로에게 투자하고 홀로 지내는 것 따위를 더 중요히 믿는지. 그런 마음에 기대어 도리어 앞으로 가려는 용기보다 뒤로 물러나는 삶이 편해졌던 것은 아니었을지. 지금까지 스스로가 내린 결단을 돌아보고 재정비해야 하는 과정 또한 견뎌내야 했다. 그리고 이후에 찾아오는 알 수 없는 공허함의 출처가 궁금할 뿐이었다.

생각해보면 이들의 말은 대부분이 나를 위한 걱정이었지, 나의 가치관에 조언을 퍼붓거나 깔보려 하려던 의도는 아니었다. 언젠가 누군가를 만나게 된다면 오래 혼자였던 만큼 연애가 순탄치 않아 보여 하는 염려. 조금 울적해 보이니 누구라도 만나 조금 화창해지라는 그런 마음들이었는데 말이다. 나 또한 가끔씩 거울을 볼 적에 그리 느낀 적이 많았다. 순간 거울에 비친 사람은 너무도 어두침침한데 그게 정상인 줄 알고 살았던 적이.

왜 그렇게 보일까. 대부분이 그래 보인다. 나를 포함한 그들. 연애나 사랑 따위는 제쳐두고 삶의 다른 가치를 찾아서 무던히 노력하지만, 실제로는 마음속으로 꿈같은 사랑을 그리며 매우 피곤하고 치열하게 살아가는 사람들. 그들은 꼭 저물어 가는 노을처럼 보인다. 얼굴에 아침빛이 적다. 사랑이 적다.

사람들은 왜 연애를 할까. 어쩌면 혼자 있는 자신이 외로워서 보다는 누군가를 사랑하는 자신의 모습을 느끼고 싶어서가 아닐까. 사랑을 주고받는다는 일은, 나도 모르는 또 다른 내 모습을 찾아가는 과정일 테니까. 그렇게 우연히 발견한 나의 모습을 기억하며 더 나은 인간으로 한 걸음 나아가는 경험을 익혀가는 것. 삶을 배워나가는 것이니까.

연애는 부족해도 삶에 아무런 영향을 주지 못하지만 사랑이 부족해지면 우리는 늙어간다. 역시 우리는 한낱 장난질에 불과한 것들에 부대끼며 살아가는 모습이 정내 나는 인간답고, 곧 아름답기까지 했던 거였다.

삶이 울적하다면 사랑이 부족해서 일지도 모른다. 사랑은 마음에 볕을 들이고 사람을 여유롭게 살게 하는 거의 유일한 동력일 것이다. 그런데 문득, 사랑을 꼭 받기만 할 이유가 있을까.

반대로 사랑을 주어도 괜찮지 않을까. 나는 마음을 먹었다. 주는 사람이 되기로.

돌아보면 얕은 사랑일지언정 주변에 사랑을 줄 수 있는 것들이 참으로 많았다. 어떤 날에는 한 발 먼저 나아가 나의 마음을 전하기로 한다. 내일은 소중한 사람에게 사랑한다는 말을 내어주어야겠다. 덧없이 잊히는 기억 속에서 나의 목소리로, 이왕이면 사랑한다는 그 소리로, 부디 은은하게 기억될 수 있도록.

우리는 비록 사랑은 어려워해도 누군가에게 잊힐 수 없는 기억으로는 남을 수 있다. 표현도 소리도 연습이 필요하다. 기꺼이 그리 하고자 한다면 말이다. 그리한다면 혹시 모른다.

사랑이 찾아올지도 모른다.

(2019)

서로의 영원한 낭만이었으면

엊그제부터 내리다 그친 눈은 온 세상 어여쁘다가 이내 쓰레기 취급을 받는 눈이었다. 문득, 그 무엇도 영원히 아름다울 수는 없다는 생각에 쓸쓸해진다. 그럼에도 불구하고 우리는 누군가에게 하얗게 녹아내리지 않았으면 좋겠다. 펑펑 내리는 순간의 눈처럼, 서로의 영원한 낭만이라면 좋겠다.

며칠 전 눈이 내렸다. 아쉽게도 눈이 내리는 순간에는 깨어있지 못했다. 자고 일어났는데 온통 새하얀 세상이 되어 있었다. 눈이 내리는 순간은 언제나 낭만적이다. 약 10개월 정도를 밝고 어둡게만 살다가 하얀 세상이 하나 추가되는 그 시점에는 늘 가슴이 설레 왔다. 눈 하나 내렸을 뿐인데 괜스레 평범했던 장면이 다르게 보이고, 지나는 사람이 한결 아름다워 보이기도 했다.

눈이 오는 순간에는 아니나 다를까 SNS도 온통 눈 천지가 되었다. 각자가 느끼는 눈과 낭만의 대해, 바닥에 흰 것이 깔리고 한 해가 마무리되어가는 그 시점에서 지나온 나날을 사유하는 이들의 감정을 읽고 느끼는 순간은 늘 그리 따스하기만 했다.

나는 성격이 조금 별나서 남들이 모두 공통된 대상에 대해 이야기할 때는 막상 관심이 없다가 나중에 뒷북을 치는 습성이 있다. 동네에는 이미 눈이 다 녹아 없어졌는데 나란 사람은 다 없어지고 나서야 비로소 의미를 찾는 사람인가 싶었다.

문득 소복이 쌓인 눈을 보니 군 생활을 할 때가 생각났다. 그때는 정말 눈이 그렇게도 절망적일 수가 없었다. 어느 날은 새벽 4시 30분에 기상하여 눈을 쓸었다. 아니 정말 아무리 눈이 온다고 해도 그 시간에 사람을 흔들어 깨울 줄은 몰랐는데, 여하튼 모두가 그날이 첫 제설이었다. 첫눈이었던 모양이다. 그래서인지 눈을 쓰고 담는 사람들의 표정이 하나같이 모두 똑같았다.

정확히 양 볼이 벌겋게 얼어붙은 채로 세상에 존재하는 온갖 욕을 압축해 놓은 표정이었다. 다들 졸렸고, 춥고, 힘들었다. 한 번 쓸었던 자리는 옅은 눈으로 다시 덮였다. 이게 도대체 뭐하는 짓인가 싶었다. 그때 용기를 내어 누군가 말했다. “차라리 눈이 다 내리고 난 뒤에 다시 작업을 하면 안 됩니까?” 우리는 첫

입을 연 자의 용기를 이어 입을 모아 간부에게 하소연했다. "아직 지시사항이 없다." 결국 이도저도 하지 못했다.

다시 생각해도 정말 끔찍하기 짝이 없다. 추억은 미화되어 아름답게 남는 것이 대부분이지만 그렇지 못한 기억도 있다. 절대 그럴 수 없고, 그러기도 싫은 기억이 있다. 그러던 중 간부가 한다는 말은 군인은 '원래'다 그런 거란다. 그때부터는 애꿎은 빗자루질에 살기가 묻었다.

별안간 내리는 눈을 생각하니 두 가지의 장면이 스쳤다. 아름답고 낭만적인 모습. 털장갑을 끼고 연기가 펄펄 나는 따듯한 아메리카노도 있다면 더할 나위 없겠다. 그렇게 누군가와 함께 하늘을 올려다보는 상상에서의 눈. 그리고 쌍욕을 하며 살기를 품은 빗자루질 위에서 하염없이 내리는 눈이었다.

문득 눈이 내리는 것. 아니, 어떤 현상이 일어날 때 그것을 해석하는 것은 사람의 성격이 삐뚤어지거나 부정적이어서가 아니라, 자신이 처한 환경이나 상황에 따라 완전히 다르게 느낄 수 있는 것은 아닐까 생각했다.

고유의 성격과 근래의 성격은 달랐다. 누군가의 성질을 구성 짓는 것은 천성도 성격도 아니었고, 단연 처한 환경과 상황일 가능성이 매우 높았다. 실제의 그 사람과 상황이 만든 또 다른 사람은 전혀 다른 사람이었다. 군인일 때 나는 눈을 보며 쌍욕을 했고, 오늘의 나는 눈을 보며 뭉클한 낭만을 품고 있었다. 그때나 지금이나, 나는 별다를 것 없는 나인데 말이다.

문득 눈이라는 것을 빗대어 나를 돌아보게 된다. 평소 이해할 수 없는 누군가를 볼 때 '저 사람은, 왜 저렇게 사사건건 불만이 많은 걸까?'라고 생각했던 사람에게서 하얀 눈송이가 나를 돌아보게 한다. 사람의 성격은 모두 다르고 더불어서 많은 것이 다르다.

혹시 우리는 누군가와 뜻이 맞지 않아 갈등을 겪을 때나 이해할 수 없는 누군가를 감당할 때, 종종 서운할 적에, 그 사람의 모든 면이 오직 성격의 차이이거나 그저 내 상식에는 이해할 수 없는 사람이라고 단정 지었던 것은 아니었을까. 그 사람은 '원래' 성격이 그래서 라고 어딘가에 가둬 두었을까. 오목조목 들여다보기에 충분했던 상황이란 것을 무참히 지나쳐버린 것은 아니었을까.

나는 우리의 길목을 한 번 더 살피려 한다. 상황의 힘은 너무나 엄청나서, 멀쩡한 사람도 순식간에 변하게 만들 수 있다는 것을 잘 안다. 혹시 우린 어쩔 수 없는 삶의 막다른 길 앞에서 살기를 품은 빗자루를 쥘 수밖에 없었던 적은 없었을까.

혹시나 그랬던 사람이 있진 않았을까. 상황이 성격을 집어삼켜버린 사람에게. 우리는 그들과 다투고 언쟁을 했을까. 그들에게 조금 더 포용력 있는 사람이었을까. 관계에서 누군가에게 서운하기 전에 또는 불만을 표하기 전에, 그 사람의 상황을 한 번만 멀찍이서 바라볼 수 있을까. 혹시 그 사람은 눈을 쓸고 있는 일등병일지도, 허름한 코트를 걸친 해 천천히 머리가 젖어가는 상황일지도 모르니까.

우리, 이리도 영원한 게 없는 세상에서 서로의 영원한 낭만이었으면 좋겠다.

(2021)

그대를 쉬게 해 주리

부쩍 추워진 날씨가 아버지를 짓누른다. 횟집 장사를 하시는 아버지는 날마다 수족관에 손을 집어넣어 고기를 잡는다. 뜰채를 주로 사용하긴 하지만 간혹 낙지 같이 빨판이 있는 것들은 손으로 뜯어내야 하는 고충이 있다. 그뿐만 아니라 물과 관련된 장사이다 보니, 이래저래 찬물이 튀는 감촉을 자주 느낄 수밖에 없다.

종종 빨리 죽는 물고기가 있다면 더욱 세심히 수족관을 관리해야 한다. 그래서일까 아버지는 추운 날을 혐오한다. 겨울, 수족관에 집어넣는 손은 잠시 얼어붙는다. 손은 얼고 녹기를 반복한다. 몸 안에 세포가 죽는 고통이 있다면, 아마 이런 게 아닐까. 얼음장 같은 수족관에 손을 넣고 빼는 일을 거의 반평생 반복했던 탓이었을까, 아버지의 손은 언제나 선홍빛이다. 하루는 엄마가 농담을 던졌다.

"자기는 왜 집에 와서도 고무장갑을 끼고 있어?"

아버지는 뜨듯한 국물을 마시면서 허허 웃는다.

이따금 마음이 쓰였던 나는 내가 할 수 있는 일이 무엇일까 생각했었다. 알게 모르게 아버지를 짓누르는 것이 '나'였음을, 나는 조금 늦게 실감한 듯했다. 아버지의 손을 검붉게 만드는 존재는 물밀듯 들이닥치는 손님이 아니었고, 천진난만한 나였다.

삶을 살아가는 것과 더불어 무한한 희생을 하는 이들에게 조금이나마 도움이 되고 싶었다. 날이 풀어지라고 빌 수는 없는 노릇이고 두툼한 털장갑을 사주려 하자니 소용이 없다. 털장갑을 낀 손으로 물고기를 잡을 수는 없겠으니 말이다. 이렇다 할 해결책이 떠오르지 않자 나는 평소보다 가게를 자주 찾는 일을 택했다.

더욱 추워지는 날에는 그나마 밝은 햇살이 있는 시간대에 가게를 찾았다. 드문 가게를 걸어 들어오는 나를 아버지는 늘 반겨주다가, 요즘에는 웬걸 표정이 뜨뜻미지근하다.

"아빠 요즘 손 시리지 않아? 손님 많아서 힘들진 않고?"

"손님 없어, 손님만 많으면 뭐가 걱정이겠냐."

내가 순간 별말을 하지 않자 짧은 정적이 흘렀다.

"겨울에는 너무 추워서 사람들이 밖으로 나오질 않으니 장사가 안 돼서 너무 힘들어. 손도 적당히 쓰고 부딪혀야 덜 추운 거야. 가만히 있으면 오히려 더 춥고 그래."

그 말을 하고 아빠는 조금 웃긴 표정을 지었다.

그날 난 씁쓸한 표정을 숨길 수 없어서 평소보다 일찍 돌아나와 버렸다. 난데없이 훅 끼쳐 들어오는 뜨거움에 마음이 덴 듯했다. '손도 적당히 쓰고 부딪혀야 덜 추운 거야.' 그의 문장에 발목이 잡혔다. 지금까지 열심히 달려왔으니 이제 그만해도 되지 않겠냐고. 일도 적당히 하고 조금 쉬라고 말하려 했던 나였다. 이들을 쉬게 해주고 싶었다.

실밥이 터져 나온 장갑처럼 너무나 해진 이들의 손과 함께 나는 11월을 맞이했다. 시간은 잘만 흘렀다. 그 사실이 미웠다. 소름이 돋을 정도로 생동감 있게 흐르는 시간을 미워하며 다짐했다. 나는 결코 약해지지 않겠다고, 나는 이들의 생을 뛰어넘는 무언가가 될 것이라고. 낡은 주문을 되뇌었다. 다시는 오지 못할 해의 문턱을 고요히 지난다.

코로나 바이러스는 서서히 잠잠한 물결을 타는 듯했다. 본격적으로 영업시간이 늘었다. 우리 가족은 약 2년간 10시에 장사를 마치고 퇴근하였던 패턴을 한순간에 뒤엎고 다시 늘어난 영업시간이 맞춰 늘어진 손님을 맞이해야 하는 처지에 놓였다. "조금만 참아요, 이제 다 끝나가요."라는 말에 누군가는 쓴웃음을 짓는 꼴이다.

'그래도 조금만 참아요. 하루빨리 꽤나 근사한 쉼터를 만들 테니 그곳에서만은 편히 쉬세요.'

나는 아버지가 흩트려놓은 이불을 정리해 둔다. 내가 언젠가 그대들을 쉬게 해 줄 터이니. 아니, 오늘 당장 신발을 길게 끌고 들어오는 그대들에게 어설픈 마음을 온 힘을 다해 전할 것이니, 우리 약해지지 말자고. 살자고. 그래 살아가자고.

(2019)

과거의 나에게 인사할 용기

종종 첫사랑을 떠올린다. 바람이 칼을 들고 귀를 찢으려 할 때. 주머니에 손을 찔러 넣어도 갈라지는 피부를 느낄 때. 스치듯 때리고 가는 외로움은 별안간 마음 바닥에 고인 웅덩이에 파동을 일으켰다. 옛 기억을 떠올리다 보면 피식 웃기도 하고 또 그 와중에 배울 것이 있나 싶어, 나는 썩은 웅덩이 물을 여기저기 흩뿌려 놓는다. 어스름이 떠오른 그리움을 억지로 끊으려 않고 느낀다. 참, 나도 그렇게 누군가를 무모하게 좋아할 수도 있었다. 그래, 그런 사람이기도 했구나. 너무 오랜만에 마주한 내 모습은 어색하고 가엾다.

고백한 건데 나는 5년 정도 연애를 하지 않았다. 이쯤 되어가니 안 한 건지 못 한 건지 헷갈리긴 하지만 이제 그런 건 별로 중요하지는 않다. 하나 확실한 것은 나는 여전히 누군가를 사랑하기 싫어한다는 것이었다. 또 버려질까 봐 무서웠으니까. 또 바보처럼 사랑하고, 기계처럼 잘 해주고, 혼자 멍하니 있다가도 티끌 같은 관심에 온 세상을 얻은 듯 행복해하는 꼴이 보기 싫었다. 강아지처럼 꼬리를 흔들어대도 등진 사람은 돌아보지 않았다.

나는 첫사랑을 조금 고되게 겪었다. 나는 그 사람을 세상 무엇보다 좋아했고, 그 사람은 그런 나를 관리했다. 인생에 여러 게임이란 게 있다면 나에게 사랑이란 게임은 처음부터 완벽한 실패 그 자체였다. 그걸 나는 사랑이라 말하며 히죽거렸으니 이미 초라함에서 시작된 영화였다.

사랑 앞에서 나는 때로 작동을 멈춘 기계처럼, 전쟁을 겪은 고아처럼, 땅을 짚는 노인처럼, 지름길을 찾아 빠르게 집으로 가는 가장처럼. 그렇게 뭐가 되었다가 뭐가 되기를 반복했다. 언젠가 다른 무엇이 되기가 편해졌을 적엔, 피곤과 솔직함이라 할 것을 오갔다. 그 후엔 이미 맨 처음의 사랑이 무엇이었을지 까맣게 잊은 후였다.

그때의 경험은 정상적인 사랑과 이별의 과정이 아니라 그저 호구의 쓴맛에 불과했다. 첫사랑의 경험을 호구로 마무리 지은 나는 그때부터 사람을 냉소적으로 대했다. 이후에도 한두 번 연애를 해봤지만 좋아한다는 감정조차 느끼지 못하고 관계는 깨졌다. 그때를 기점으로 나는 사람에게 커다란 마음을 주는 것을 금기시했다. 사람을 적절히 마주하고 상대하는 것. 온통 가식은 아니었지만 일말의 진심 또한 없는 것. 그리하여 내가 상처받을 경우의 수를 미연에 방지하겠다는 태도였다.

아무것도 모르고 다가갔다가 너무 크게 데어버린 감정, 나에겐 사랑이 그것이다. 그래, 나는 사랑을 믿지 못한다. 더더욱 생각을 뜯어보니 감정 자체를 믿지 않는다는 결론에 도달했다. 일상에서 일희일비하는 모든 감정에 나는 선을 그었다. 그 이상 가까이 다가가면, 그 많은 감정은 내게 초라한 아픔만을 남겼으니까. 감정을 온전히 믿는다는 것. 온전히 감정에 나의 영혼을 맡기고 그저 어딘가로 데려다 줄 나를 느끼는 것. 아직도 그건 나에게 미궁을 걷는 일이다.

그래서 나는 사랑을 언제쯤 믿을 수 있을까. 글쎄다, 일단 그때의 나에게로부터 안녕이라고 말해야 하지 않을까. 트라우마를 겪은 모든 이들에게 전하고 싶다. 과거의 나를 극복하려 하지 말고, 이겨내려고 하지도 말라고. 저 멀리 도망치려 해도 괜찮으니, 당신의 아픔을 어설픈 위로도 애써 끄집어내지 않아도 괜찮으니. 그저 안녕이라고, 손을 흔들어주라고. 그거면 됐다고.

여전히 첫사랑의 종말은 쿰쿰한 추억으로 남겨져 있다. 별안간 그 구수한 듯 비릿한 정체불명의 내음이 느껴질 때면 찰나의 몇 분간 나는 그 곳간에 다녀간다. 아름다움과 괴상함이 공존했던 첫사랑은 사랑이란 감정을 잊고 산지 너무 오래된 내게, 그래도 여전히 사랑을 하라고 소리치는 듯했다. 여전히 사랑을 꿈꾸라고. 그럼에도 불구하고 사랑을 짓밟아버리지는 말라고.

하여 이제는 내 오랜 벗인 과거의 나에게 손을 흔들어 주고 싶다. 웅덩이에 고인 빗물이 빛을 타고 올라가 비처럼 꽃이 내리게.

누군가를 사랑하는 일은
자신의 영혼을 맡긴다는 것과 같다.

그렇게 어른이 되어간다

엄마의 하루는 급했다. 새벽까지 장사를 하는 사람은 아침 8시에 아이들을 학교에 보낼 여유가 되지 못했다. 이들에게 여유라는 단어는 조금 고귀하고 덧없다. 우리 집에선 일명 '팔자 좋은 소리'로 통일된다. 새벽 2시를 넘기고 집으로 귀가하는 사람은 여유를 찾으려는 긍정과 낙천의 에너지가 상실되어있다. 기초적인 체력조차 가누지 못한다. 겨우 기절하듯 잠든다.

날이 밝으면 얼굴을 시작으로 먼지를 뒤덮은 날벌레들이 이내 등줄기를 타고 온몸 전체로 엉켜가는 기분을 느끼게 했다. 눈을 떠도 한쪽을 감은 듯 시야는 흐릿했고, 온몸의 수액이 침대 위에 뽑혀 있었다. 푸석한 얼굴과 허름한 마음을 들고서 나를 깨우러 오는 엄마가 제발 그냥 잠들어 있기를 바랐다. 나는 학교가 하루아침에 없어지기를 6년 내내 빌었지만 결국 그건 이루어지지 않았다.

5학년쯤 되었을까, 엄마의 목소리는 서서히 다급함이 사라져 가는 듯 죽어갔다. 엄마에게 세상의 법이 정해놓은 아침 8시란 그런 시간이었다. 그 시절 엄마의 목소리보다 좋은 알람이 있었더라면, 잠이 없는 사람으로 태어나 곧잘 학교에 등교했다면, 참 좋았을 텐데. 어쩌면 내가 엄마의 성대를 몇 년 내내 열심히 갉아먹었는지도 모른다. 아니 그게 확실하다. 모든 날이 갈수록 한없이 연약해지고 있었다.

지각을 하는 일이 잦아지자 학교 선생님의 독촉 전화가 늘었다. 선생님은 "대훈이가 요즘 지각이 잦아져요. 아이들을 정상 등교시키기 어려우세요?"라고 물었다. 학교가 다 끝나가는 늦은 오후에 전화를 하는 것을 보니 엄마는 이미 몇 차례 그 전화를 받은 듯 보였다. 남들은 하루를 서서히 마칠 늦은 오후에 하루를 시작하며 받아 드는 통화의 내용이란, 결코 즐겁지 못했다. 엄마의 영혼은 전화 너머의 "죄송합니다……"란 다섯 자로 부스러졌다.

남아있는 하루가 멀고 길게만 느껴졌다. 학교가 끝나면 나는 형식적으로 놀이터를 잠깐 들렀고 이후 재미가 없어진 동네를 걸었다. 실내화 주머니를 차며 걷다 보면 금세 하늘이 어두워졌다. 상관없었다. 우리 집의 시계는 언제나 세상의 시계보다 몇 시간 이르거나 느리게 흘렀으니까.

하루는 집 안의 날파리를 잡다가 엄마가 울던 날, 처음으로 담배라는 것을 손으로 집어봤다. 어른들은 어릴 때 담배를 피우던데……. 다행히 주위에 라이터가 없었다. 나는 초등학교 2학년이었다. 이제와 생각해보면 그 광경을 들키지 않았던 것이 내가 초등학생 시절 했던 일 중 가장 잘한 일이구나 싶었다.

종종 어떤 애들은 너무 애답지 못해 욕을 먹었다. 당연이 나는 그 '어떤 애들' 사이에 포함되었다. 밝고 명랑했던, 어린아이 같은 나의 모습은 생각보다 이른 나이에 사라졌다. 그걸 미안하게 생각하지는 않는다. 나도 어쩔 수 없었으니까. 가끔씩 옛날 사진을 볼 적에, 어느 순간 급격히 웃는 모습이 줄어든 나를 보고 엄마는 "에휴, 이때도 인상을 쓰고 있네. 봐라 봐."라고 했고. 나는 따듯함을 주는 것이 우리네 가족에게 간절히 필요하다는 생각을 했다.

한때는 원망 아닌 원망도 했다. 우리 집은 왜 몇 년에 한 번 꼴로 이사는 가는 것인지. 그때마다 왜 집은 나날이 좁아져만 갔는지. 어느 날은 동생과 각방을 썼다가 또 어느 샌가 한 이불 아래 같이 잠들었는지. 정상적인 가정의 모습이란 원래 이렇게 힘든 걸까. 그러나 그 생각에만 국한되어 있다면 평생 '어른'이 되긴 틀려먹은 사람인 듯했다.

눈으로 살로 맞닥뜨린 경험은 삶을 바라보는 시야를 넓혀준다고 생각한다. 종종 어떤 이들은 '어떻게 받아들이냐에 따라 경험은 살이 되기도 하고 고작 살덩이가 되기도 한다'고 말한다. 사람 따라, 경험도 다르게 변화한다고 말한다.

어쩌면 그건, 나에게 잘 맞거나 필요한 경험만을 잘라내고 오려낸 까닭이 아닐까 생각했다. 그 무엇도 쓸모없는 것은 없다. 쓸모없는 것까지 들춰내는 용기의 자세가 반복될 때. 진정으로 내게 필요치 않다고 느끼는 것까지 버리지 않으려 할 때. 그렇게 서서히 어른이 되어가는 것은 아닐까.

나는 학문적 배움보다 '삶의 배움'을 익히는 게 더 성공한 사람이라고 믿는 편이다. 삶의 배움은 무엇보다 경험으로 터득하는 것. 그 과정에서 넘어지고, 수정하고, 고치고 일어서며 다시 떠올리기도 하는 것. 어쩌면 '어른'이라는 것은 절대 인정하기 싫은 경험이나 결핍까지 스스로의 품에 녹여들 때, 비로소 되어가는 게 아닐까 생각했다.

그렇게 당신을 어른으로 살게 한 단 한 사람이 있다면, 단 하나의 집단이 있다면. 이렇게 말했으면 좋겠다. 당신, 살아내느라 애썼다.

'괜찮아, 그래도 잘 살아냈어. 우리 엄마. 우리 가족.'

젊은 날의 우리들

언제부턴가 우리의 젊음은 젊지 않았다. 한평생을 나로 살아왔지만 정면으로 똑똑히 마주한 나는 새삼 낯설었다. 해가 넘을수록 나를 감싸주던 허물은 벗겨지고 조금은 빠르게 익숙해져야 하는 또 다른 내가, 다가올 해의 뒤에서 어줍게 손을 내밀고 있었다. 손의 감촉은 거칠다. 결국은 고작 내면의 재생으로 외면의 나를 보호하는 과정 속에 놓이게 되었다. 나는 너무 빨리 잊고, 너무 늦게 깨달았다.

그래서 최소한 어떤 비참함으로 이어지지 않기 위해서는, 끝없는 고독을 음미하여 미숙했던 나를 반성하고, 이윽고 성찰로 이어가기를 성공적으로 해내야만 했다. 그렇게 내면의 내가 낯선 외면의 나를 온전히 만드니까. 그렇게 또 한바탕 다르게 닥쳐올 나를 대비하면서, 아마 계속 그런 식의 반복으로 내 삶은 흐를 것 같다.

그래서 나는 고작 쓰며 사려나 보다. 비록 늙는 젊음을 막을 수는 없겠지만 최소한 낡고 미성숙하지 않는 삶을 위해 살아야겠다.

어떨 때면 나는 우리가 그냥 빨리 죽었으면 좋겠다.

아니면 홍청망청 사랑하며 살거나.

다시 만나기를

마지막으로 전하고 싶은 말이 있다면
존재해 주셔서 감사하다는 말입니다.

우리가 언제나 가까울 수는 없겠지만
영원히 함께할 수도 없겠지만
끝내 다시 만났으면 좋겠습니다.
그리 멀지 않았으면 합니다.

당신이 내게로 와도 좋고
내가 당신께 가도 좋습니다.

그때까지 모쪼록 살아있어 주시면 됩니다.
네, 그거면 됩니다.

우산

요즘 들어 동네에는 비가 불규칙적으로 퍼붓습니다. 하여 날씨를 체크하는 짜증 섞인 손짓이 잦아졌습니다. 휴대폰을 꺼내 날씨 어플을 봅니다. 뜨문뜨문 떠 있는 해에는 우는 구름이 묻어있는 날이 많습니다. 예보라는 게 그렇듯 모두 정확하지는 않지만, 혹시 모르니 우산을 챙깁니다.

때때로 우산은 나만의 안전지대를 만들기도 하지만 하루 종일 팔뚝에 매달려있는 짐짝이 되기도 했습니다. 언제 쏟아질지 모르는 비를 대비하며 우산을 챙기듯, 우리는 문득 어쩔 수 없이 매달고 살아야 하는 것들이 많은 것 같습니다. 몇날 며칠을 틀렸다가 단 한 번 맞아떨어진 굵은 빗줄기 아래 놓여 절망하지 않기 위해 말입니다. 때론 구슬비도 내리겠지만 집으로 돌아가는 길이 축축해지곤 하면. 떠오르는 이름과 얼굴이 있다면. 갑작스레 쓸쓸할 적이 많겠습니다.

앞으로 더욱 그렇겠습니다. 자유롭고 싶다고, 억압받기 싫다고, 평온을 갈구할 때마다 매달려 있는 검은 작대기가 더 무겁게 느껴질 겁니다. 그것은 나이와 상관없이 누구에게나 존재합니다. 우리에겐 평생 버리지 못할 각자의 우산이 하나씩 있습니다. 비밀처럼 말입니다.

때로는 그 검은 천 아래서 맞닿은 어깨의 온기를 나누며 나란히 걷는 사람이 있습니다. 이따금 불쑥 건너오는 그늘이 있습니다. 달빛이 내리고 바람이 스칠 때. 철이 들어가는 만큼 울고 싶은 날이 많아지겠지만, 오늘도 해와 비 섞인 하루를 걷습니다.

우리는 오늘도, 보이지 않게 서로를 씌어주고 있는지도 모르겠습니다.

마치며

글을 다 쓰고 이런 생각을 했다. "나도 내 글처럼만 산다면, 얼마나 행복할까. 어떤 고난이나 역경이 찾아와도, 불행이나 우울이란 벽에 부딪혀도 아무렇지 않은 듯 해답을 찾았겠지?" 안타깝지만 여전히 나는 온전하지 않다.

여전히 어느 날은 우울하고, 어느 날은 나약하고, 또 어떤 날은 세상 누구보다 독해지고, 어떤 때는 그냥 남들 행복하게 해주고 싶은, 나는 그저 그런 사람이다. 내가 글을 쓴다고, 당신이 나의 글을 읽는다고 해서, 우리의 세상이 단번에 화창해지지는 않을 것이다. 우리는 손쉽게 온전해질 수 없는 생물이니까. 불행 없는 삶이란 없는 거니까.

그러나 이 책이 비록 당신을 완벽히 치유하지는 못하더라도 최소한 스스로가 병들어 죽어가게끔 놔두지 않는 작은 면역력이 된다면 좋겠다. 구멍 뚫린 반창고 같은 것. 많이 쓰나 효과가 미미한 약 같은 것이 되고 싶다. 고작 당신께 쌀 한 톨 같은 무엇이라도 된다면, 나 또한 당신을 위해 계속 쓸 것이다.

언젠가 아프지 않은 사람들이 모여 사는 세상이 오면 좋겠다고 희구한다. 서툴러서 무너지고, 자책하여 스스로를 많이 아프게도 하겠지만, 온 천지가 얼룩지기 전에 서로의 빛깔을 찾을 수 있기를.

당신의 아픔이 어디까지 뻗어 있을지 모르겠다. 아픔이란 수치화할 수 없는 것이기에 이해한다고도 말하지 않는다. 다만 나는 감히 당신을 헤아릴 뿐이다. 그렇게 우리가 서로를 보듬어주며 이 영원한 찰나를 살았으면 좋겠다. 우리의 여정은 그것으로 되었다.

이 책이 누군가에게 닿는 주파수가 되어
서로의 행복을 영원히 빌어주기를
덧없이 기도하며.

신대훈 드림